반 고흐, 영원한 예술의 시작

옮긴이 **박은영**

성균관대학교 불어불문학과를 졸업하고, 프랑스 파리 5대학에서 언어학 박사학위를 받았다. 성균관대학교에서 학생들을 가르쳤으며, 옮긴 책으로는 《미셸 푸코 진실의 용기》 등이 있다.

반 고흐, 영원한 예술의 시작

초판 1쇄 발행 2001년 5월 9일
개정1판 1쇄 발행 2008년 11월 20일
개정2판 1쇄 발행 2019년 6월 26일
개정3판 1쇄 발행 2024년 12월 4일

지은이 빈센트 반 고흐
옮긴이 박은영
펴낸이 최순영

출판2 본부장 박태근
지식교양 팀장 송두나
편집 박은경
디자인 홍세연

펴낸곳 ㈜위즈덤하우스   **출판등록** 2000년 5월 23일 제13-1071호
주소 서울특별시 마포구 양화로 19 합정오피스빌딩 17층
전화 02) 2179-5600   **홈페이지** www.wisdomhouse.co.kr

ISBN 979-11-7171-322-6 03800

VINCENT

반 고흐, 영원한 예술의 시작

그림에 영혼을 바친 젊은 예술가의 편지

빈센트 반 고흐 지음 | 박은영 옮김

VAN GOGH

위즈덤하우스

CONTENTS

•『표시는 라파르트의 편지를 나타낸다.

라파르트와의 우정

귀족 출신인 안톤 반 라파르트는 1846년 5월 14일 제이스트에서 태어났다. 그는 위트레흐트의 H.S.B를 거친 후 암스테르담 아카데미에 등록하지만, 학업을 마치지 못하고 중도 하차한다. 1878년부터 1881년까지 파리와 브뤼셀에 체류한 그는 스물여덟 살이 되던 해 이론적 지식을 넓히기 위해 암스테르담 아카데미로 돌아온다. 그리고 위트레흐트의 친가에 아틀리에를 꾸린다. 그는 1889년 결혼과 함께 잔드보르트에 정착하지만, 3년 후 이곳에서 바닷가를 산책하던 중 매서운 폭풍우를 만나 급성 폐렴으로 생을 마감한다.

화가 헨드릭 요하네스 하베르만은 노동자들의 작업 모습과 초가집 풍경에서 예술적 영감을 얻었던 이 귀족 화가에 대해 1892년 11월 24일 자《니우베 로테르 담쉐 쿠랑》에서 다음과 같이 언급했다.

그는 애써 환심을 사려 하지도 이기적이지도 않았다. 그뿐 아니

안톤 반 라파르트

라 꾸민 태도로 치장하지도 않았다. 그의 작품들이 증명하듯이, 그는 보여주어야 하는 모든 진실을 사실주의에 함몰되지 않고 진솔한 작품들을 통해 정직하게 표현하려 했다. 그는 순수한 의도로 인물화 작업만을 과감히 고집한 최초의 네덜란드 화가들 중 한 명이었다.

고흐가 라파르트를 알게 된 것은 동생 테오를 통해서였다. 당시 라파르트는 브뤼셀 아카데미에 다녔고, 고흐는 보리나주에서 돌아왔을 때였다. 사람들은 부유한 신사 라파르트와 누더기 차림의 부랑자 고흐가 전혀 어울리지 못할 것이라고 생각했다. 1880년 11월 1일, 고흐는 테오에게 보내는 편지에 다음과 같이 쓰고 있다.

트라베르시에 거리 6번가에 사는 반 라파르트 씨를 만나러 갔다. 그와 많은 이야기를 나누었는데, 좋은 인상을 받았다. 그의 작품 중 펜으로 데생한 풍경화 소품 몇 점을 보았다. 하지만 그는 꽤 부유하게 살고 있어 경제적인 측면에서 우리가 서로를 이해할 수 있을지는 의문이다. 그래도 그를 다시 만나러 갈 생각이다. 그는 내게 진지한 인상을 주었다.

그들은 곧 서로에게서 동일한 취향과 사고방식을 발견했다. 둘이 만난 지 얼마 되지 않아 고흐는 라파르트에게 "우리는 작품의 모티브를 대중의 마음속에서 찾는다는 공통점을 가지고 있네. 게다가 현실의 생생함을 습작할 필요도 똑같이 느끼고 있지"라고 말한다. 두 사람 사이에 견고한 우정이 싹트는 데는 그리 오랜 시간이 걸리지 않았다. 고흐에게 라파르트는 유일한 네덜란드 친구였으며, 그들의 우정은 5년간 지속되었다. 그러나 1885년 고흐는 갑자기 라파르트에게 절교를 선언한다. 아카데미에서 수업한 라파르트가 평소 아카데미를 경멸하던 고흐의 작품에 대해 솔직한 지적을 했기 때문이다. 그러나 고흐는 이러한 라파르트의 평가를 인정할 수 없었다.

라파르트는 오해로 야기된 이 결별을 항상 애석해했다. 하지만 고흐와의 관계가 그리 쉽지만은 않았음을 굳이 숨기지는 않았다. 고흐가 죽었을 때, 그는 고흐의 어머니에게 다음과 같은 글을 썼다.

테르스헬링 여성 양로원

1883년, 안톤 반 라파르트 작.

저는 우리가 브뤼셀에서 처음 만난 날을 마치 어제의 일처럼 또렷하게 기억하고 있습니다. 고흐는 아침 9시에 저희 집에 찾아왔습니다. 처음에 우리는 서로 잘 어울리지 못했습니다. 하지만 함께 작업하면서 우리는 곧 친해졌습니다. 작업, 투쟁, 그리고 고통으로 얼룩진 그의 삶을 지켜본 사람이라면 육체와 정신이 삶의 무게를 감당하지 못할 정도로 스스로에게 엄격했던 한 인간에 대해 연민을 품을 수밖에 없었을 것입니다. 그에게는 위대한 예술가의 피가 흐르고 있었습니다. 비록 안타까운 오해로 그와 제가 몇 년 전부터 불편한 관계였지만, 그와 나눈 우정은 행복한 추억으로 남아 있습니다. 그 시절을 생각하면 조금은 슬프지만 여전히 빛을 발하는 개성 있는 그의 모습이 떠오르곤 합니다. 과거로

프롤로그

의 여행은 늘 기쁨이죠. 그림을 그리고 삶과 투쟁하는 그의 모습은 종종 과하게 격분하고 폭력적인 것으로 비칠 수 있었습니다. 하지만 그의 고귀한 성품과 위대한 예술가적 재능은 우정과 존경을 받을 자격이 충분합니다.

1913년 G. H. 마리우스는 《O. 쿤스트》에 라파르트가 하베르만에게 보낸 편지 일부를 게재했다. 라파르트는 고흐와의 관계를 이렇게 말하고 있다.

비록 고흐의 난폭함이 결별의 원인이었지만, 내 생각이 여전히 예전 같지는 않을 성싶네. 어쨌든 지금은 무의미하고 사소해 보이는 것에도 중요성을 부여하려고 노력하고 있네. 고흐는 까다로운 사람이었고, 그를 감당해낼 사람은 많지 않았네. 우리의 관계는 5년 동안 지속되었네. 종종 감정을 자제하지 못하는 그를 내가 참아내지 않았다면 우리의 관계는 그만큼 오래 이어지지 못했을 걸세.

하지만 같은 편지에서 밝혔듯 라파르트는 고흐의 작품을 높이 평가했다.

나는 브라반트 지방의 직조공을 담은 그의 습작화 연작 시리즈를 기억하고 있네. 그것은 어설프게 제작되었지만, 그가 누구의 작품이라고 밝히지 않은 다른 작품들보다 더 강렬한 느낌을 주었네. 그의 작품은 항상 격렬하고 비통한 무언가를 담고 있었네. 그 것은 때때로 전율을 느끼게 하는 야생적인 그 무엇이었지. 고흐는 일상의 측면에서는 전적으로 무방비 상태였고, 매 순간을 아슬아슬하게 견뎌나갔네. 삶에 대한 그의 가치관은 예술과 마찬가지로 숭고하고 순수했네. 그런 면에서 그는 진실로 굳건했으며 아름다웠네. 그는 미치광이가 되었네. 분명 그는 그렇게 될 수밖에 없었을 걸세. 원인은 세상의 몰이해와 천박함에 대한 그의 저항도, 환멸로 상처받은 그의 숭고한 사상도 아니었네. 모든 원인은 그의 외부가 아닌 내부에 있었네. 고흐가 원한 것은 숭고한 예술이었으며, 그것을 표현하려는 어마어마한 투쟁은 그 어떤 예술가라도 지치게 했으리라 생각하네.

어떤 호인도 언제 끊어질지 모르는 예민하고 감정적인 긴장감에 끝없이 저항하지는 못할 걸세. 나는 그의 광적이고 폭발적인 기질에 대해 우정보다는 존경심을, 동지애보다는 숭배감을 느꼈네. 그와 함께 있을 때, 아카데미의 순진한 학생인 나는 일종의 압박감을 맛보았네. 훗날 나는 자주 우리의 관계가 회복되기를 바랐네. 나에게 그는 강인한 성품과 위대한 예술가의 모습 그대로 영원히 남게 될 걸세.

고흐 역시 라파르트와의 우정을 소중히 여겼다. 그들이 주고받은 편지가 이를 증명할 뿐 아니라, "라파르트를 다시 보게 되어 말할 수 없이 즐겁다"거나 "라파르트의 집을 다시 한번 방문하는 것이 좋을 듯싶다. 그의 호의는 내게 용기를 북돋아준다"라는 식의 테오에게 보낸 편지를 통해서도 이를 알 수 있다.

내 색조는 더 어두워질 것이다

고흐는 1880년 브뤼셀에서 아카데미에 다니고 있던 라파르트와 알게 되었다. 당시 고흐는 혼자서 해부학을 공부하고 모델을 대상으로 데생 작업을 하면서 한 가난한 화가의 집에서 원근법을 배우고 있었다. 그해 겨울이 끝나갈 무렵 고흐에게 자신의 아틀리에에서 작업하도록 허락했던 라파르트가 위트레흐트로 되돌아가면서 고흐 역시 에턴의 부모 집으로 갈 수밖에 없었다. 1881년 여름, 라파르트는 고흐를 만나러 에턴을 방문하고, 8월 초에는 테오도 파리에서 돌아온다. 얼마 뒤 고흐는 자신을 격려하는 마우베에게 자문을 구하려고 헤이그로 떠난다. 그 무렵 그는 두 번째 실연의 상처를 맛본다. 네 살짜리 소년의 어머니이자 과부인 질녀에게 마음을 온통 빼앗겨 청혼했지만 거절당한 것이다. 이로 인한 상처는 그의 삶에 근본적인 변화를 가져온다. 테오의 미망인인 봉제르 부인은 다음과 같이 쓰고 있다.

만약 그녀가 고흐의 사랑을 받아주었더라면, 어쩌면 그는 사회적

테오 반 고흐   조안나 봉제르

인 지위를 확보하려 안간힘을 썼을지도 모릅니다. 그녀와 그녀의
아이를 책임져야 했으니 말입니다. 그러나 그는 모든 야망에 영
원히 작별을 고하고 그림만을 위해 생존했습니다. 경제적인 독립
을 위한 어떠한 시도도 그에게는 덧없는 일이었습니다.

고흐는 점점 더 신경질적이고 불안정해졌다. 그는 에턴에서의
삶을 오래 견디지 못하고, 아버지와의 불화로 그해 12월 헤이그로
떠난다. 그 후 2년은 그의 예술적 삶에 매우 중요한 시기가 된다.
주변 사람 및 마우베와의 관계는 그에게 얼마간 활기를 주었지만,
사람들이 자신을 멸시하고 무시한다는 생각에서는 좀처럼 벗어날
수 없었다. 지독한 외로움에 시달리던 그는 임신한 채 버려진 가난

한 여인 시엔을 알게 된다. 그녀를 향한 연민과, 삶의 커다란 공백을 메우려는 희망으로 그는 그녀를 돌보기로 결심한다. 그러나 이 여인과의 인연은 그에게 새로운 절망만을 안겨주었다. 그녀는 그에 대한 호감을 접어버렸으며, 그가 그토록 채우기를 갈망했던 삶의 공백은 더욱더 커져갔다. 그에게 남아 있는 사람은 이제 테오뿐이었다.

1883년 여름, 고흐를 만나러 온 테오는 이 여인과 결별하라고 형을 설득한다. 자신의 어깨에 짊어지려 했던 부담을 벗어버리고 가난한 여인을 자신의 운명에서 지워버리는 일은 고흐에게 고통이었다. 그녀의 모든 잘못을 감싸주기 위해 그는 "단 한 번도 선함을 본 적이 없는 그녀가 어떻게 선량할 수 있겠는가?"라는 숭고한 말을 남긴다. 그는 테오에게 고백한다.

대부분의 사람들에게 말을 거는 일이 내겐 고통이다. 그들이 두렵지는 않다. 하지만 내가 그들에게 불쾌한 인상을 준다는 사실은 알고 있다. 그들의 집을 방문할 때, 내 태도가 기쁨보다 불화를 빚어낸다는 사실이 두렵다.

그는 에턴에서의 실연의 경험을 마지막으로 떠올리며, 그 상처가 없었더라면 자신의 삶은 완전히 다른 방향으로 흘러갔을 것이라고 덧붙인다.

드렌터로의 짧은 여행은 그에게 안정보다는 고통을 남겼다.

1883년 12월, 그는 당시 뉘넌에 살고 있던 아버지의 집으로 돌아가 다시 한번 칩거에 들어간다. 2년이나 머무를 정도로 그는 그곳을 마음에 들어 했다.

이제 그의 목적은 브라반트 지방의 풍경과 사람들을 화폭에 옮기는 것이었다. 그 목적을 위해 그는 다른 모든 불편을 감수했다. 부모님과 함께 지내는 일은 그에게나 그의 부모에게나 모두 힘든 일이었다. 서로의 속사정을 훤히 알고 있는 작은 마을의 사제관에서 한 화가가 지낸다는 사실은 비정상적이라고도 말할 수 있었다. 그 화가가 고흐라면 더더욱 그러했을 것이다. 그는 이미 모든 종류의 형식주의와 관습, 그리고 모든 종교와 결별했으며, 그 누구보다도 타인들과 어울려 지내는 일에 서툴렀다.

고흐는 사람들이 그의 내부에서 일어나는 일을 자신의 부모보다 더 잘 이해해주기를 바랐다. 그의 어머니에게 닥친 불행은 가족 간에 화목을 이루는 계기가 되었지만, 그는 여전히 우울해했고, 식구들과도 어울리지 못했다. 그런 와중에 마을의 성당지기 집에서 마음에 드는 아틀리에를 발견한 그는 조금씩 변화하기 시작한다. 얼마 후 라파르트가 다시 한번 그를 방문했고, 어머니의 병환 중에 고흐는 부모의 친구들인 몇몇 이웃 사람과 친분을 쌓는다. 그는 이에 대해 다음과 같이 말하고 있다.

최근 이곳 사람들과 알고 지내는 일은 즐거울뿐더러 내겐 아주 중요한 일상이 되었다. 조금은 기분을 전환할 필요가 있기 때문

뉘넌에 있는 목사관. 오른쪽에 있는 별채는 고흐의 작업실이다.

이다. 지나치게 외톨이라고 느껴지면 작업이 제대로 이루어지지 않는다. … 하지만 그리 오래가지 않으리란 걸 예상해야 한다.

이 무렵 한 젊은 여인이 고흐에게 마음을 빼앗긴다. 고흐 역시 그녀와의 결혼을 꿈꾼 듯하다. 그러나 그의 편지에서는 당시의 열정을 찾아볼 수 없다. 게다가 결국은 불행하게 끝나는 이 감정에 대해 그는 거의 언급조차 하지 않는다. 고흐의 두 누이와의 말다툼 이후, 그 젊은 여인은 자살을 시도한다. 그녀는 간신히 목숨을 건졌지만, 고흐와는 끝내 결별하고 만다. 그는 또다시 혼자가 되었고, 이전보다 더욱더 예민해졌다. 이제 친구들과 지인들은 사제관을 피해 갔다. 라파르트가 다시 고흐를 만나러 왔지만, 고흐는 금은 세공품상, 전보 배달부, 피혁 제조인 같은 에인트호번의 몇몇 지인 외에 더 이상은 누구와도 친분을 나누지 않았다. 케르세마커라는 피혁 제조인은 1912년 4월 14~21일 자 주간지 《암스테르다머》에서 고흐에 대한 추억을 이야기한 바 있다. 그는 고흐의 아틀리에를 다음과 같이 묘사했다.

우리는 그림, 고무 수채화 데생, 초크화 등이 여기저기에 쌓이고 걸려 있는 모습에 놀랐다. 그 그림들에는 납작한 코에 툭 튀어나온 광대뼈, 그리고 매우 강조된 커다란 귀와 못이 박히고 울뚝불뚝한 손을 가진 여인들과 남성들의 모습, 직조공들, 방적기, 실감는 사람, 감자 심는 사람들, 풀 뽑는 사람들이 담겨 있었다. 또한 무수한 정물화들과 고흐가 그토록 애착을 보인 뉘넌의 작은 성당을 담은 수십 개의 유화 습작들이 있었다. 그는 뉘넌 성당을 계절에 따라, 시간에 따라 그렸다. 하지만 그의 말에 따르면, 그 성당은 마을의 건달패들에 의해 파괴되었다고 한다. 단 한 번도 음식이 올려진 것 같지 않은 화덕의 프라이팬 주위에는 커다란 잿더미가 쌓여 있었고, 밀짚으로 만든 의자 몇 개, 그리고 30여 개의 새 둥지로 가득 찬 장롱, 히스 나무가 우거진 황야에서 옮겨온 갖가지 종류의 이끼와 식물, 박제된 새들, 작은 배, 도르래, 요강, 농가에서 쓰는 갖가지 도구, 오래된 모자들, 때 묻은 여인용 머리쓰개 등이 있었다.

케르세마커는 자신의 느낌을 이렇게 표현했다.

뉘넌에 처음 갔을 때, 나는 그의 작품을 높이 평가하지는 않았다. 그때까지 내가 그림에 대해 가지고 있던 생각과 그것은 너무나 달랐다. 그의 작품은 너무도 강렬하고 거칠었으며 미완성이었기에, 아무리 최고의 선의를 가지고 본다 해도 그것을 훌륭하고 아름답다고 생각할 수는 없었다. 하지만 나는 곧 그의 작품이 내게 지울 수 없는 감명을 주고 있다는 사실을 알아차렸다. 그의 습작화들은 매 순간 내 상상력을 자극했다. 나는 그의 작품들을 다시 한번 보러 가기로 결심했다. 말하자면 나는 그에게 조금씩 이끌리고 있었던 것이다. 두 번째 그를 방문했을 때, 내가 받은 첫인상은 이미 달라져 있었다. 하지만 무지 때문에 나는 그가 그림을 그릴 줄 모르고, 인물 데생에는 더군다나 문외한이라고 생각했으며, 그런 속마음을 단도직입적으로 그에게 말했다. 그러나 그는 전혀 화내지 않았다. 그저 웃음을 지으며 "시간이 흐르면 다르게 생각하게 될 것이오"라고 말할 뿐이었다.

칙칙한 겨울이 지나고 시작된 1885년 새해 첫날, 고흐는 "나는 이처럼 침울하게 새해를 맞은 적도, 우울한 기분인 적도 없었다"고 쓰고 있다. 그가 직조공과 농부들의 초가집에서 끊임없이 작업에 몰두하던 그해 봄 아버지가 갑자기 세상을 떠났다. 3월 25일의 일이었다. 가족들과의 불편한 대화 이후, 그는 5월에서 11월까지 아

고흐의 아버지
테오도루스 반 고흐

고흐의 어머니
안나 코르넬리아 카르벤투스

틀리에에 갇혀 지내다시피 했다. 이제 그 무엇도 그가 정한 목표, 즉 전원의 삶을 화폭에 담아내는 일을 막을 수는 없었다.

"겨울에는 눈 속에서, 가을에는 퇴색한 나뭇잎 속에서, 여름에는 잘 익은 밀 사이에서, 봄에는 풀들 사이에서, 여름에는 하늘 밑, 겨울에는 그을린 초가집에서 풀 베는 일꾼이나 농부들과 함께 지내는 일은 늘 즐겁다. 이것들은 변하는 법이 없고, 앞으로도 그러할 것이다."

그의 대작 〈감자 먹는 사람들〉을 처음으로 테오에게 보냈을 때, 고흐는 이제 전원생활에 완전히 젖어들었다고 당당히 말할 수 있었다. 그는 많은 발전을 보였다. 바로 이 시기에 그는 들라크루아의 색채 기법에 관해 훌륭한 글을 썼다. 그리고 나중에 사람들이 자신을 후기 인상파 화가라고 규정하는 것에 대해 그는 다음과 같이 천명한다.

인상주의가 존재한다고 알고 있다. 하지만 나는 그것을 잘 모른다. 인상주의에 대한 당신의 말은 내가 생각했던 것과 그것이 다르다는 사실을 알게 했다. … 그러나 나는 개인적으로 이스라엘스의 작품에서 수많은 아름다움을 본다. 예를 들어, 나는 새로운 것이나 다른 것에는 관심이 없다. … 나는 그림 그리는 방식, 그리고 색채 면에서 많은 발전을 할 것이다. 그리고 내 색조는 앞으로 좀 더 어두워질 것이다.

신도들에게 모델 일을 금지하는 주임 신부와 갈등을 빚은 고흐는 11월 말경 아틀리에를 포기하고 안트베르펜으로 향했다. 그의 어머니는 뉘넌을 떠나면서 그의 짐을 나무 상자에 꾸려 브레다의 목수에게 맡겼다. 하지만 아무도 찾아가는 사람이 없자 목수는 결국 그 짐들을 고물 장수에게 팔아버렸다.

그리는 일이 불편하다

어려서부터 데생에 재능을 보였던 고흐는 구필 화랑에서 현대 미술에 대한 지식을 쌓고 런던에서 크로키 작업을 했다. 화상,

교사, 서점 점원, 전도사를 거치며 두루 실패를 경험한 그는 그림 그리는 일이 자신의 천직임을 깨닫는다.

보리나주에서 전도사로서 실패한 뒤, 그는 광부들과 풍경을 스케치하기 시작한다. 고향으로 돌아왔을 때, 그의 나이는 스물여덟 살이었다. 그는 곧 자신이 전도사였음을 잊어버린다.

목사들은 인간은 태어날 때부터 죄인이라고 설교한다. 정말 어리석은 생각이다. … 인생의 한순간이나마 스스로에 갇혀서 신학과 신비주의적인 관념에 이끌렸다는 것이 너무나도 후회스럽다.

하지만 주위 사람들과 소통하려는 그의 의지는 여전히 매우 강했다. 그는 사상을 해석하고 전하는 일에 앞장서고자 했다. 이제 예술이 그의 종교이며, 그의 작품들이 설교의 역할을 담당할 것이다. 그리고 그는 소박한 세상 사람들과 소통할 것이다. 그는 "당신의 빛이 세상을 비추게 하라. 나는 이것이야말로 모든 화가의 의무라고 생각한다"고 라파르트에게 쓴다. 그리고 "사람들을 어디로 인도해야 하는가? 드넓은 먼 바다로. 무엇을 설교해야 하는가? 사람들이여, 목적을 위해 당신의 영혼을 바치시오. 그리고 가슴으로 일하고 사랑하는 것을 사랑하시오"라고 외친다. 그러나 사회성이란 거의 찾아볼 수 없고 행동이 유별났던 고흐를 사람들은 '미치광이' 취급한다고 테오는 말했다.

미치광이? 아니다. 그는 매우 복잡한 사람이었을 뿐이다. 한 남자로서 그는 생활 면에서는 무능했다. 동생 테오의 이해와 도움이 없었더라면 그는 분명 세상으로부터 완전히 고립되었을 것이다. 그러나 예술가로서 그는 지독히도 독립적이고 새로운 미술의 개척자가 되고자 했다. 자신의 독립과 그것을 유지하려는 그의 열망은 강하고 확고부동했다. 또한 그는 비견할 수 없는 용기로 투쟁하면서 고통을 감내할 줄 알았다.

네덜란드에서의 초기 작품들은 그가 언젠가 세기의 가장 위대한 화가 중 한 사람이 되리라는 사실을 예시하지는 못했다. 이 시기의 작품들에도 이미 그의 개성이 나타났지만, 그는 여기에 만족하지 않았다. 그는 민중화가를 꿈꾸며 시골, 싸구려 식당, 삼등칸 대합실로 모델들을 찾아 나섰다. 그는 거기서 만난 이들을 자연의 일부라고 여기며, 불운과 역경을 함께하는 사람들이라고 생각했다.

사랑하는 테오야, '세련된 사람'을 그리는 일이 불편하다. 나는 민중의 모습을 담아내려 최선을 다하고 있다.

그의 데생들은 그 모델들만큼이나 어두웠다.

인물과 풍경들 속에서 우수를 표현할 의도는 없다. 다만 진한 고통을 표현하고자 한다. 바로 이런 이유로 내 작품들이 어쩌면 통속적이라 할지라도, 결국에는 깊이와 미묘함을 담아낸다는 평가를 듣기를 원한다. 현재로서는 이런 말들이 건방지게 들릴지도 모르겠다. 하지만 이것이 내가 모든 노력을 다하고자 하는 이유다. 많은 사람의 눈에 나는 하찮고 유별나며 유쾌하지 못하고 사회적으로 어떠한 지위도 없는, 있으나 마나 한 인간으로 보일 것이다. 좋다. 그렇다고 받아들이자. 그래도 나는 내 작품을 통해 그런 유별난 인간의 마음속에 있는 무언가를 증명해 보이고 싶다. 이 모두에도 불구하고 야망은 슬픔보다는 사랑에, 열정보다는 차분함에 바탕을 두고 있다. 내가 늘 곤란함에 처해 있다는 건 분명한 사실이다. 하지만 내 안에는 조화와 순수하고 온화한 음악으로 가득하다. 나는 가장 더럽고 누추한 집에서 데생과 그림의 주제를 발견한다. 거역할 수 없는 어떤 힘이 나를 그곳으로 데려가는 것을 느낀다. … 나는 농사짓는 여인이 귀족 부인보다 더 아름답다고 생각한다. 누더기를 기워 만든 먼지투성이인 촌부의 치마와 푸른 겉옷에는 세월과 태양이 불어넣은 미묘한 뉘앙스가 있다. 그녀에게 귀족 부인의 요상한 옷을 입혀놓으면 오히려 진실성을 잃게 될 것이다. … 농부들을 표현한 그림이 윤기 흐르고 김이 피어오르는 감자의 냄새를 맡게 한다면 좋은 작품이다. 외양간 그림이 퇴비 냄새를 풍긴다고 해서 해로울 일은 없다. 외양간은 그래서 존재하는 것이다. 농촌의 모습을 담은 그림에서 들판의 잘 익은 밀이나 감자, 그리고 퇴비와 비료의 향기가 풍긴다면 이로운 일이다. 특히 도시인들에게는 그것들이 무언가에 소용될 것이기에 더욱 그렇다. 농부들의 그림에 가공의 향내를 입혀서는 안 된다.

고흐의 네덜란드 시기 최고의 걸작은 석판화 〈슬픔〉이다. 이 작품은 보리나주의 크로키 작품들에 비해 이미 놀랄 만한 발전을 보여주고 있다. 하지만 가장 대표적인 작품은 이론의 여지 없이 〈감자 먹는 사람들〉이다. 바로 이 작품이 라파르트와의 불화를 빚어낸 근본적 원인이기도 하다. 요컨대 그 외의 모든 데생과 그림들은 이 작품에 기반을 두고 있다.

라파르트에게 보낸 편지는 고흐의 네덜란드 전 시기에 쓰인 것이다. 라파르트는 친구의 천재성과 미래의 영광을 예견하고 있었던 것일까? 1881년 9월부터 받은 고흐의 모든 편지를 보관한 것을 볼 때 그랬던 것 같기도 하다.

고흐는 붓 대신 펜을 드는 일에 익숙하지 않았다. 문체는 서툴고, 철자법에 오류가 많았으며, 문법과 구두점에 약했다. 그러나 그런 건 조금도 중요하지 않다. 동생 테오에게 보낸 편지의 보충 자료인 셈인 이 편지들은 고흐의 성품 깊은 면모를 보여주는 동시에 그가 간직했던 휴머니즘의 유산이다. 라파르트에게 보낸 편지는 고흐가 직면했던 물질적·정신적 곤란과 그가 이겨내야만 했던 투쟁, 그리고 한 화가가 지녔던 희망, 강인함, 천재성의 진행 과정을 말하고 있다.

고흐는 영어와 프랑스어 표현을 편지에 자주 사용하며, 자기 방식대로 인용문을 싣기도 했다. 그런가 하면 때때로 프랑스어로 직접 편지를 쓰기도 했다.

고흐는 편지에 좀처럼 날짜를 표기하지 않았다. 라파르트가 보관한 58통의 편지 가운데 11통에만 날짜가 적혀 있을 뿐이다. 나머지 편지들은 테오에게 보내는 편지 및 《베텐샤프 인 플란데런》에 실린 왈터 반 베세라에레 박사의 기사를 참고로 날짜를 분류한 것이다.

CHAPTER 1

사랑하는 것을 사랑하라

1881

인물화 그리는 묘미

라파르트에게

방금 《가바르니, 그의 작품》을 받았네. 책을 되돌려주어 고맙네. 가바르니는 매우 위대한 예술가라고 생각하네. 그뿐 아니라, 인간적으로도 꽤 흥미로운 사람이지.

물론 그가 새커리와 디킨스에게 몇 차례 실수하긴 했지만, 따지고 보면 그건 누구든 한 번쯤은 저지를 수 있는 실수에 불과하네. 게다가 그는 자신의 행동을 뉘우치고, 자신이 홀대하던 사람들에게 그림을 보내 사죄했네. 내가 보기에 새커리는 더 심했다고 생각하네. 하지만 어쨌든 그처럼 거친 행동들이 그들 내면의 착한 마음을 흐리게 한다고는 생각하지 않네. 그들 자신은 잘 몰랐을지라도 말일세.

책을 받고 혼잣말로 중얼거렸네. '이 친구, 확실히 여기에 오지 않겠군. 그게 아니라면 이렇게 책을 먼저 보내지는 않았을 텐데.'

자네가 이곳에 오면 모두 진심으로 반가워하리라는 걸 새삼 말할 필요는 없겠지. 오래 머물 수는 없다 해도 잠깐이라도 들러주기를 다들 고대하고 있네.

다가오는 겨울, 자네는 무슨 계획이 있는지 무척 궁금하네.

풀을 베는 소녀
1881년 가을, 종이에 수채, 58×46cm.

땅 파는 사람
1881년 가을, 종이에 목탄, 분필, 수채, 62.1×47.1cm.

혹시 네덜란드에 머무를 생각은 없나? 만약 그럴 계획이라면 나는 희망을 접지 않겠네. 이곳은 겨울에도 날씨가 좋으니까 함께 일할 수 있다는 희망 말일세. 야외 작업도 괜찮고, 농가를 하나 구해 모델화 작업을 해보는 것도 좋을 걸세.

최근에 나는 모델화를 많이 그렸네. 여러 사람들이 기꺼이 모델이 되어준 덕분이지. 〈삽질하는 사람〉〈씨 뿌리는 사람〉 등 다양한 습작을 할 수 있었네. 지금은 목탄화와 콩테〔소묘용 연필〕 작업을 많이 하고, 세피아〔보랏빛이 도는 갈색 안료로 오징어 등의 먹물에서 채취한다. 거의 영구적이며, 소묘용 잉크와 단색화를 위한 수채물감으로 쓰인다〕나 템페라〔안료에 아교나 달걀 노른자를 섞어 만든 물감 또는 그것으로 그린 그림〕도 시도하고 있네. 자네가 내 그림에서 발전까지는 아니더라도 변화를 보리라는 건 단언할 수 있네.

요즘은 인물화 그리는 재미에 푹 빠져 있네. 풍경화와 직접적인 관계는 없지만, 인물화를 통해 집중력을 키울 수는 있지. 그리고 앞서도 잠깐 이야기가 나왔지만, 근래 나는 목탄화 작업에도 관심이 많다네. 그래서 칼 로버트의 《목탄화》를 좀 더 가지고 있었으면 하는데, 괜찮겠나? 나중에 헤이그에 가게 되면 한 권을 더 구해볼 생각이네.

올겨울은 이곳 에턴에서 조용히 보낼 작정이네. 어쨌든 외국에는 나가지 않기로 결심했네. 네덜란드로 돌아온 뒤 그림뿐 아니라 다른 일에도 행운이 따라준 데다 이미 영국, 프랑스, 벨기에에서 많은 시간을 보냈으니, 이제는 네덜란드에 머무를 때인 것 같네.

가지 친 자작나무
1884년, 종이에 연필, 펜과 잉크, 수채, 39.5×54.2cm.

최근에 눈부시게 아름다운 곳을 하나 발견했는데, 어딘지 아나? 꼭대기가 잘린 버드나무 고목이 늘어선 역과 라 러르로 가는 길이라네. 나무들이 얼마나 아름다운지 말로는 도저히 설명할 수 없네. 그 가운데 몇 그루를 소재로 일곱 개의 습작품을 그렸지.

이곳에서 단 일주일만 머물러도 자네는 매우 좋은 작품을 얻게 될 걸세. 마음이 동한다면 내게 자네를 볼 수 있는 기쁨을 주게나.

나와 내 부모님의 우정 어린 인사를 보내며 상상의 악수를….

1881년 10월 12일, 에턴에서

1881

32

씨 뿌리는 사람

라파르트에게

자네 편지를 받고 서둘러 펜을 들었네. 이번 편지는 지금까지 자네가 보낸 어떤 편지보다도 흥미로웠네. 자네가 말하고자 했던 것 이상의 무언가를 느끼게 하더군. '라파르트는 눈부시게 발전했다. 아니면 적어도 곧 그렇게 될 것이다.' 어떻게냐고? 그런 건 전혀 중요하지 않네. 나는 자네가 이미 예술적 혁신을 가져올 전환점에 도달해 있다고 확신하네.

혹시 내 말이 믿어지지 않는다면 이른 시일 내에 직접 만나 이야기를 나누고 싶네. 내 부모님의 이름으로 자네를 초대할 테니 며칠만이라도 이곳에 들러주게. 만약 그럴 수 없다면, 중간쯤인 브레다 역이나 로센달 역에서 보는 건 어떤가? 생각이 있으면 도착할 시간과 장소를 편지나 엽서로 알려주게. 내가 그곳으로 나가겠네. 오래된 내 그림 몇 점과 〈피로에 지쳐〉이라는 큰 작품, 그리고 자네가 아직 모르는 또 다른 작품 몇 점도 가지고 말일세. 그 기회에 자네의 수채화도 몇 작품 볼 수 있으면 좋겠네. 자네 그림이 몹시 궁금하다네.

마우베가 프린센하게에 가는 길에 여기서 하루 머무를 예정이네. 그가 오면 우리 집에서 다 같이 지내는 건 어떨까 싶은데,

뜨개질하는 젊은 스헤베닝언 여인

1881년, 종이에 수채, 구아슈, 52.2×36.5cm.

자네 불편하지는 않겠지? 자네와 마우베가 개인적으로 이미 아는 사이인지도 모르겠지만, 내 생각엔 그와 알고 지내거나 한 번쯤 다시 보는 것도 좋을 걸세. 마우베는 내가 정말 힘들 때 마음의 위로와 함께 고픈 배를 채워주었지. 게다가, 무엇보다 그는 천재적인 재능을 가진 화가이기도 하네.

자네는 브뤼셀로 가서 성탄절까지 머무르며 누드화를 그릴 생각인가? 글쎄, 자네의 그런 의도는 충분히 이해하네. 특히 자네의 현재 정신 상태를 고려해본다면…. 나는 아무 말 없이, 그리고 아무런 판단 없이 떠나는 자네를 보았네. 일어나야만 하는 일은 반드시 일어나고야 마는 법이라네.

브뤼셀에 가든 가지 않든, 새로운 그 무엇이 자네의 내부에서 타오를 걸세. 모두 잘될 것이고, 브뤼셀로 떠나고 안 떠나고는 좋게든 나쁘게든 자네에게 큰 변화를 가져오지 못할 걸세. 애벌레는 어쨌든 나비가 되는 법이니까. 내가 지금 얼치기 점성술사처럼 말하고 있군.

라파르트, 나는 자네가 옷 입은 모델을 더 자세히 관찰해야 한다고 생각하네. 물론 누드화에 대한 견고한 개념이 서 있어야 한다는 사실은 두말할 필요도 없지. 하지만 현실에서 우리는 늘 옷을 입은 사람들을 대하고 있다는 사실을 잊어서는 안 되네.

만약 자네가 보드리, 르페브르, 에네, 그리고 또 다른 많은 누드화 전문가들의 길을 따를 생각이라면 당연히 누드화 작업에 전적으로 매달려야겠지. 그럴 경우, 누드화에 만족하면 할수록 자네는 그것에 몰두할 수 있을 걸세. 그건 좋은 일이지.

하지만 솔직히 나는 자네가 누드화에 전적으로 빠져들 거라고는 생각하지 않네. 그러기에는 자네가 다른 것들에 대해 너무나 섬세한 감각을 지니고 있거든. 밭에서 감자를 줍고 있는 여인, 삽질하는 사람, 씨 뿌리는 사람, 거리나 농가의 평범한 아낙네들…. 그들이 화폭에 담지 않고 그냥 지나치기에는 너무도 아름답다는 걸 자네는 잘 알고 있네. 비록 지금까지의 자네 화법과는 다르다 할지라도 말일세. 자네는 색채와 뉘앙스에 대해 누구보다도 예민한 감각을 가지고 있지. 간단히 말해, 누드화가 보드리의 길을 따르기엔 자네는 너무나도 '풍경화가적'이고 너무나도 네덜란드적이네.

물론 나는 잘 알고 있네. 자네가 길게 드러누운 여인과 갈색 형상의 앉아 있는 여인 같은 훌륭한 누드 습작화들을 그린다는 걸. 솔직히 그 두 작품을 내가 그렸다면 하고 바란 적도 있지. 라파르트, 나는 자네에게 내 생각을 있는 그대로 꾸밈없이 말하네. 자네 역시 언제나 그래야 하네.

〈씨 뿌리는 사람〉에 대한 자네의 논평은 매우 타당하네. '씨를 뿌리고 있는 사람'이 아니라, '씨 뿌리는 자세를 취하고 있는 사람'이라는 평 말일세.

솔직히 말해서, 나는 요즘의 내 작업들을 모델화로 보고 있네. 그것이 모델화가 아니라면 달리 무엇이겠나. 내가 '실제로 씨를 뿌리고 있는' 사람을 보여줄 수 있으려면 1~2년은 더 지

양털 깎는 사람 (밀레 모작)

1889년, 캔버스에 유채, 43.6×29.5cm.

씨 뿌리는 사람
1881년, 종이에 연필, 펜과 붓과 잉크, 수채,
48.1×36.7cm.

씨 뿌리는 사람
1882년, 종이에 연필과 잉크,
61×40cm.

나야겠지.

자네, 2주일 동안 아무것도 할 수 없었다고 했지. 올여름 내게도 그런 시기가 찾아왔었네. 그저 '간접적으로' 작업할 뿐, 더이상은 그림을 그릴 수가 없었지. 바로 변신의 시기였네.

드 보크와 함께 '파노라마 메스다흐'를 보러 갔었지. 파노라마 작업에 동참했던 그가 작업이 끝날 무렵 있었던 매우 재미있는 사건 하나를 들려주더군.

자네, 혹시 데스트레를 아나? 유연한 체하는 데다 현학의 화신으로 통하는 화가 말일세. 그 사람이 어느 날 드 보크의 집에 들러 매우 거만하고 현학적인 태도로 후원자인 척하며 이렇

씨 뿌리는 사람
1888년, 종이에 연필, 펜과 잉크, 24×32cm.

게 말했다더군. "드 보크, 사람들이 나에게 파노라마 작업에 참여해달라고 사정하더군. 하지만 거절했지. 그런 작업에서는 예술성이라곤 눈곱만큼도 찾아볼 수가 없거든." 그래서 드 보크가 되물었다네. "데스트레 선생, 더 쉬운 쪽이 어느 쪽입니까? 파노라마를 그리는 겁니까, 그것을 거절하는 겁니까? 더 예술적인 것은 무엇이죠? 무언가를 하는 건가요, 아니면 아무것도 하지 않는 건가요?" 나는 이 물음이 아주 훌륭한 반격이었다고 생각하네.

동생 테오로부터 반가운 소식을 들었네. 자네에게도 안부 전해달라더군. 테오와의 친분을 성심껏 잘 유지하게나. 그에게 소식을 한번 띄워보게. 테오는 예술에 조예가 깊고 열정도 있다네. 그가 화가가 아니라는 사실이 얼마나 유감인지! 그러나 동생 같은 사람이 있다는 건 화가들을 위해 좋은 일이지. 그와 친분을 나누다 보면 자네도 실감할 수 있을 걸세.

끝인사를 해야겠군. 상상의 악수를 청하며.

날짜 미상

> 파노라마 메스다흐는 1881년경 스헤베닝언 마을과 연안 지방의 전경을 보여준다. 메스다흐는 바다와 어부들을, 메스다흐 반 후텐은 마을을, 그리고 브라이트너는 말과 해변의 군인들을 화폭에 옮겼다. 드 보크도 작업에 참여한 이 파노라마는 헤이그의 명물 가운데 하나다.

충고

라파르트에게

〈셔츠의 노래〉라는 시를 기억해내려 애쓰는 중이네. 아마도 토머스 후드의 작품인 것 같은데, 혹시 알고 있나? 아니면 어디서 찾아볼 방법이라도 없을까? 자네가 아는 시라면 알려주게나.

1881

자네에게 보낼 편지를 다 읽고 덮어두었다가 충고의 말을 전하기 위해 다시 쓰네. 자네 계획은 충분히 이해하네. 그러나 실행에 옮기기 전에 한 번 더 고민해보게. 라파르트, 마음을 열고 말하겠네. 이곳에 머물러주게. 물론 내가 모르는 이유가 있을 수도 있겠지. 그리고 자네의 계획을 추진하는 데 그것이 중요할 수도 있겠고.

어쨌든 다시 한번 말하겠네. 오로지 예술적인 관점에서 이야기하자면, 네덜란드인으로서 자네는 네덜란드적인 사고방식에 만족스러워할 걸세. 그리고 누드화 전문가가 되기 위해 노력하기보다는 이 땅의 자연(그것이 인물이든 풍경이든)을 화폭에 담는 일에 더 큰 흐뭇함을 느낄 거라고 생각하네.

보드리, 르페브르, 에네와 같은 누드화 전문가들을 좋아한다고 해서 쥘 브르통, 페이엔 페랭, 율리스 뷔텡, 마우베, 아르츠, 이스라엘스 등을 더 좋아하지 말라는 법은 없겠지. 근본적으로는 자네도 나와 같은 생각이라고 믿기 때문에 이런 방식으로 말하는 거네.

자네가 예술적인 성향을 많이 지켜본 것은 사실이지만, 나 역시 자네보다 덜 보지는 않았다고 자신하네. 비록 화가로서는 초보지만, 예술 일반에 대한 내 시각은 꽤 넓네. 따라서 내가 하는 말들을 과소평가하지는 말아야 하네.

내 생각에 자네와 나는 네덜란드의 자연(인물과 풍경)을 대상으로 하는 작업보다 다른 무엇을 더 잘할 수는 없을 걸세. 우

오두막들

1883년, 캔버스에 유채, 35.4×55.7cm.

암스테르담의 더 뢰이테르카테

1885년, 패널에 유채, 20.5×27.1cm.

리는 우리일 뿐이며, 네덜란드에 살고 있고 이 땅의 고유한 생활환경 속에서 스스로를 느끼지. 외국에서 일어나는 일들을 아는 것도 가치가 있겠지만, 무엇보다 우리는 네덜란드 대지에 깊은 뿌리를 두고 있음을 잊어서는 안 되네.

1881년 10월 15일, 에턴에서

✳

삶의 미천함에서 오는 고통

라파르트에게

빠른 답장 고맙네. 그러니까 자네는 숙소를 구했고, 아카데미 근처에 살게 됐단 말이지?

자네가 비록 다른 사람들처럼 아카데미 프랑세즈에 드나든다 해도 나는 자네를 천박한 아카데미 회원으로 여기지는 않겠네. 다시 말해, '예술의 위선자'라고 불리는 현학자들 중 한 명으로 생각하지는 않겠다는 말이네. 스타라엘트로 신부가 대표적인 예이긴 하지만, 그에게조차도 좋은 점은 있기 마련이네.

그런 부류의 사람들에게서 장점을 발견한다는 건 아주 기쁜 일이지. 그러나 "당신은 과장되었다"거나 "이치에 맞지 않다"라고 말해야만 하는 누군가를 만날 때는 항상 고통스럽고 화가 치미네. 더군다나 그로 인해 생긴 고통은 상대방에게서 장점을 발견하는 날까지 쉬 지워지지가 않지.

그러니 내가 어떤 사람에게서 부정적인 측면을 찾아내는 일을 즐긴다고는 생각하지 말게. 특히 나를 광신자나 패거리로 오해하는 건 더더욱 사양하네. 나도 남들처럼 누구의 편이 되거나 적이 될 수 있네. 때때로 삶은 그것을 강요하기도 하지. 그리고 한편으론 자기 의사를 뚜렷이 하도록 요구하기도 하고, 그 의견을 끝까지 관철시키는 용기를 갖도록 부추기기도 하네.

어쨌든 나는 사물의 긍정적인 면을 먼저 본 다음 부정적인 측면에도 눈을 돌릴 수 있도록 늘 애쓰고 있네. 지금은 비록 그렇지 못하지만, 언제나 관대하고 너그러우며 편견으로부터 해방된 자유로운 견해를 갖도록 노력할 걸세.

자신이 늘 진리를 알고 있다고 믿으며 모든 사람이 항상 옳다고 인정해주기를 바라는 사람을 만날 때면 인간 삶의 보잘것없는 미천함에서 오는 고통을 느끼곤 하네. 나 자신뿐 아니라 다른 모든 인간의 약점을 절실히 인정하고 있기 때문이지.

사실 자네나 나처럼 정직한 의도로 고양된 사람들조차도 여전히 불완전하고, 종종 실수를 범하며, 주변 사람들과 환경으로부터 영향을 받기는 마찬가지라네. 만약 우리가 절대로 넘어질 걱정 없이 확실하게 땅에 발을 딛고 서 있다고 믿는다면 그건 스스로를 속이는 일에 불과할 걸세.

물론 자네와 나는 어느 정도 굳건히 서 있다고 생각되네. 하

1881

44

노인의 초상

1885년, 캔버스에 유채, 44.4×33.7cm.

지만 우리가 얼마쯤 훌륭한 장점을 갖고 있다 해도 그 사실을 건방진 태도로 자만한다면 불행한 일이네. 자신의 장점에 지나치게 가치를 부여하는 일은 비록 그 장점을 실제로 지녔다 할지라도 스스로를 위선으로 몰고 가기 십상이지.

자네가 좋은 누드화 작업을 해나가고 내가 밭에서 씨 뿌리는 사람을 그려나가는 것, 그것은 우리에게 유익한 일이네. 그로 인해 우리는 거듭 발전할 걸세.

아카데미에서 누드화를 그리는 것은 좋다고 생각하네. 자네를 믿기 때문이지. 자네는 위선자처럼 스스로를 무조건 옳은 사람이라고 여기지 않을 테고, 누군가 자네와 의견이 다르다고 해서 일고의 가치도 없는 일로 치부하지는 않을 걸세. 내게 이런 믿음을 준 것은 단순히 자네의 말이나 고백이라기보다 자네의 작품이었네.

오늘 〈씨 뿌리는 사람〉을 다시 한번 화폭에 옮겼네. 자네가 다녀간 뒤, 낫으로 풀을 베는 소년과 불 주위에 앉은 한 쌍의 남녀도 그렸다네. 자네의 방문은 모두에게 커다란 기쁨이었네. 무엇보다 자네의 수채화들을 볼 수 있어 정말이지 반가웠지. 한눈에 발전을 확인할 수 있겠더군.

다만 한 가지, 자네에게 여전히 바라는 점은 옷 입은 일상의 사람들을 놓치지 않았으면 하는 것이네. 그들로부터 훌륭한 작품을 건져내리라 확신하네.

캄 목사가 설교하는 동안 자네가 그린 〈책 읽는 사람〉을 자

1 8 8 1

46

낫을 든 소년
1881년 10월, 종이에 검은색 분필과 수채, 47×61cm.

주 떠올리곤 하네. 이후 자네에게서 같은 유의 그림을 더 이상
볼 수 없다는 것이 몹시 유감스럽네. 혹시 자네, 개종이라도 해
서 목사와 신도를 바라보는 눈길보다 설교 듣는 귀를 더 쫑긋
세우고 있지는 않은가? 때때로 설교자가 우리를 사로잡아 주위
를 둘러싼 모든 것을 잊게 하는 경우도 있을 걸세. 교회가 '종
종' 그러하다면, 나는 '늘' 그렇기를 원한다네.

곧 답장 주기를, 그리고 브뤼셀에서 좋은 시간 보내고 뜻깊
은 성공 거두기를 바라네. 부모님과 나의 따뜻한 애정을 보내며
상상의 악수를….

1881년 11월 2일, 에턴에서

CHAPTER 1 · 사랑하는 것을 사랑하라

자연 또는 현실의 여신들

라파르트에게

아직까지 답장이 없는 걸로 봐서 아마 내 마지막 편지가 자네 마음에 썩 들지 않았던 모양이라 짐작하고 있네. 편지의 무언가가 자네를 불쾌하게 만들지 않았나 싶군. 그렇다면 뭘 어떻게 해야 하지?

내 논리가 정확한지 부정확한지, 옳은지 그른지는 판단할 수가 없네. 하지만 한 가지 사실만은 분명하네. 때때로 자네에 대한 말투가 엄격하고 거칠다 하더라도 나는 자네에게 꽤 호감을 가지고 있네. 자네가 선입견 없이 편지를 읽는다면 그것을 쓴 사람이 적이라고 생각되지는 않을 걸세.

내가 왜 자네에게 그런 식으로 편지를 썼으리라 생각하나? 악마 근성이 솟구쳐 자네를 우물에 빠뜨릴 계획으로? 그래서 함정 가까이로 유인하려고?

어쩌면 이런 생각은 했을 수 있네. 자네가 얼음판에서 넘어지지나 않을까 하는. 세상에는 얼음판 위에서 똑바로 설 수 있을 뿐 아니라 힘든 곡예도 부리는 사람이 있다는 사실을 모르는 건 아니네. 그러나 자네가 바로 그런 능력을 가진 사람이라 하더라도, 물론 그렇지 않다고 말하는 건 아니지만, 나는 오솔길

아기에게 젖을 먹이는 프랑스 농부 여인 (달루 모작)

1880~1881년, 종이에 연필, 48.3×26.4cm.

밀짚모자가 있는 정물
1881년, 캔버스에 유채, 36.5×53.6cm.

이나 포장길을 걷는 자네 모습을 보고 싶네.

화내지 말고 끝까지 읽어주게. 화가 치밀어 편지를 찢어버리고 싶더라도 그러기 전에 먼저 열까지 천천히 세어보게. 하나, 둘, 셋… 마음이 조금 진정됐을 걸세.

잘 듣게나! 심각한 이야기는 지금부터네.

라파르트, 내 생각에 자네는 스스로도 의식하지 못한 가운데 점점 더 진정한 사실주의자가 되기 위해 애쓰고 있는 듯하네. 비록 아카데미에서 작업하면서 현실에 만족할 때라도 말일세. 하지만 불행한 것은 아카데미란 하나의 정부情婦에 불과하다는 점이네. 그것은 자네 안에서 깨어나는 진지하고 따뜻하며 발전

1 8 8 1

적인 사랑을 가로막지. 가능하다면 그 정부를 멀리 떠나보내게. 그리고 자네의 진실한 동반자인 '자연' 또는 '현실'을 열렬히 사랑하게나.

자연 또는 현실에 온 마음을 빼앗긴 이후 나는 너무나 큰 행복감에 젖어 있다네. 비록 그녀가 아직 나를 완전히 받아들이지 못하고 저항하고 있지만, 그래서 성급하게 그녀를 내 것으로 삼으려 할 때마다 손가락을 톡톡 때리기도 하지만 말일세. 그녀의 마음을 다 사로잡지는 못했다 해도 나는 여전히 그녀를 원하고, 그 진실한 마음을 열 열쇠를 찾고 있네.

자연 또는 현실이라는 여성이 단 한 사람이라고는 생각하지 말게. 그것은 서로 다른 이름을 가진 몇몇 여인의 공통적인 성姓일 뿐이네. 당연히 우리가 경쟁 상대가 되는 일도 없겠지. 이해하겠나? 이것은 순수하게 예술에 관한 이야기일세.

정부에는 두 종류가 있다고 생각하네. 첫째 부류의 정부에게서 우리는 일시적인 사랑을 찾을 수는 있네. 하지만 곧 영원한 사랑은 불가능하다는 사실을 알게 되지. 우리는 뒷일이나 비상구를 미리 마련해두지 않은 채 그녀를 향해 스스로를 완전히 불태우지는 않는다네. 이 부류의 정부들은 신경질적이고, 아첨하며, 적지 않은 남자들을 상처 입히고 타락시키네.

둘째 부류는 이와는 또 다르지. 그들은 바로 깃을 세운 현학자요, 위선자들이네! 이 부류는 상대를 영원히, 그리고 완전히 종속시키려는 반면, 자신들은 뒷일이나 비상구를 준비해두지

석고 조각상이 있는 정물
1887년, 캔버스에 유채, 55×46cm.

않고서는 절대로 스스로를 버리지 않는 차가운 여성들, 냉혈의 스핑크스 살무사와 같네. 그녀들은 남성들을 소름 끼치게 하고 경직시키지.

다시 말하지만, 지금 하는 이야기는 전적으로 예술적인 측면에 한한 것이네. 쉽게 말해, 나는 첫째 부류의 상처 입히는 정부들을 진부함에 길들이는 예술학교에, 둘째 부류의 현학적인 정부들을 아카데미에 비유하는 걸세.

이 두 부류의 여성들 외에, 세상에는 다행히도 자연 또는 현실이라는 이름의 여성들이 있네. 하지만 그들 가운데 하나라도 사로잡으려면 수많은 내적 번민을 대가로 바쳐야 하지. 그녀들은 더도 덜도 아닌 우리의 마음, 영혼, 지성, 그리고 우리 안에 숨 쉬는 모든 사랑을 요구하네. 물론 그녀들 역시 자신의 전부를 바치지. 그들 '자연의 여신'들은 비둘기처럼 진솔하지만, 동시에 뱀처럼 조심스럽다네. 또한 진실한 자와 그렇지 못한 자를 아주 잘 구분할 줄도 알지. 한마디로 이 '자연 또는 현실의 여신들'은 삶을 단련시킬 뿐 아니라 거기에 새로운 숨결을 불어넣는다네!

솔직히 나는 지금 자네가 자네의 피를 빨고 경직시키며 소름 끼치게 하는 정부와 함께 있다고 생각하네. 그 '차가운 여인'의 품에서 벗어나지 않으면, 십중팔구 자네는 서늘하게 죽어갈 걸세!

자네 눈에 내가 우물 깊은 곳으로 친구를 유인하는 사람처럼 보인다면, 그 우물은 '진실의 우물'이라고 생각하게.

그리고 더 이상 내게 정부가 현학적이지 않다고 두둔하지는 말게. 알겠는가! 그녀는 성마른 여자네. 자네가 마음을 주기 시작하면 그녀는 자네를 배신할 걸세. 그런 여자는 악마에게나 보내버리게.

지금까지 말한 것 외의 다른 이유로 불쾌했다면 서둘러 편지로 알려주게. 악수를 청하며, 신의를 다하여….

최근에 데생 하나를 그렸네. 간이식당에서 한 노동자가 빵한 조각을 자르며 식사를 하려고 식탁 앞에 앉아 있고, 바닥에는 그가 방금 밭에서 가져온 삽이 놓여 있는 그림이네.

1881년 9월 12일, 에턴에서

> 여러 가지 사실로 미루어 볼 때 고흐는 날짜를 착각한 듯하다. 이 편지는 9월 12일이 아니라 11월 12일에 쓰였을 가능성이 크다. 실제로 10월 12일 자 편지에는 아카데미와 관련된 내용이 아직 거론되지 않고 있다. 10월 15일 자 편지에서 라파르트는 고흐에게 아카데미에서 공부하겠다는 의도를 알렸으며, 고흐는 오래된 제도에 반대하는 운동에 참가한다.
>
> 라파르트가 브뤼셀에 머물기 시작한 무렵인 11월 2일 자 편지에서 고흐는 이 주제를 다시 언급한다. 이에 기분이 상한 라파르트가 답장을 하지 않자 고흐는 다시 펜을 잡는다.

사랑하는 것을 사랑하라

라파르트에게

오늘은 좀 더 구체적으로 현실에 대해 이야기해보세. 텐 케이트라는 사람이 나와 비슷한 이야기를 했다고? 텐 케이트 씨가 언젠가 자네 아틀리에에서 힐끗 본 그 사람이라면, 그와 내가 근본적으로 같은 사고방식을 가졌다고는 여겨지지 않네.

그는 작은 키에 검은 머리카락, 그리고 약간 창백한 얼굴에 고급 모직 정장 차림이었지 아마? 나는 누군가의 정신적 성향을 파악할 때 그의 외모에 많은 주의를 기울이는 습관이 있네. 하긴 어떤 관점에 대해 그가 나와 비슷한 이야기를 하지 말라는 법은 없겠지. 그것이 뭐 불쾌하다는 의미는 아니네. 오히려 좋은 일이라면 몰라도.

내 편지에 대한 자네의 답신은 미흡했지만, 어쨌든 고맙다는 말을 전하네. 언젠가는 자네가 지금은 못다 한 말을 해주리라 믿네. 그때는 지금 받은 답신보다 더 길고 만족스러운 이야기가 되겠지.

조만간 자네가 아카데미를 완전히 떠난다고 가정해보세. 확신하건대, 자네는 이미 어렴풋하게 짐작하고 있는 전형적인 어려움에 직면하게 될 걸세. 오늘 이런저런 일을 해야 한다고 미

히아신스 태슬

1889년, 종이에 연필, 붓과 잉크, 41.2×30.9cm.

리 계획하는 대신, 즉석에서 생각하고 행동해야 하네. 좀 더 정확히 말하면, 매일매일의 활동 범위를 스스로 만들어나가야 하지. 일을 찾고 일을 한다는 것이 늘 그리 쉽지만은 않겠지만 말일세.

어쨌든 아카데미로부터 완전히 자유로워졌을 때, 자네가 이따금 발아래로 땅이 꺼져 들어간다는 인상을 받더라도 나는 그리 놀라지 않을 걸세. 무엇보다 자네는 그로 인해 무작정 비탄에 빠져 있을 사람은 아니라고 생각하네. 틀림없이 곧 평정을 되찾겠지.

라파르트, 현실에 뛰어들 때는 머리부터 빠지게. 그리고 비상구 따위는 염두에도 두지 말게. 현실에 뛰어든다는 건 다시는 그곳으로부터 빠져나오지 않으리라는 것을 의미하기 때문이네. 그때는 자네 역시 아카데미에 여전히 매어 있는 사람에게 텐 케이트 씨나 나처럼 말하게 될 걸세. 이보게 친구, 비상구 같은 건 아예 염두에도 두지 말게. 현실 속으로 머리부터 풍덩 빠지라고.

가끔은 씨 뿌리는 사람이나 조경사 또는 삽질하는 사람들에게 일종의 혐오감을 느낄 때도 있겠지. 솔직히 나 역시 그렇다네. 하지만 내게 그러한 혐오감은 어떤 열정에 의해 제어되곤 하지. 반면에 지금 자네에게는 혐오감과 열정이 똑같은 무게를 지니는 듯싶네.

혹시 자네, 내가 보낸 편지들을 여태 가지고 있나? 이렇게 말하면 건방지게 들리겠지만, 만약 시간이 있다면, 그리고 아직

불태우지 않았다면 그 글들을 다시 한번 읽어보게. 비록 흥분을 감추지도, 환상을 자유롭게 풀어놓는 걸 두려워하지도 않았지만, 최소한 그것들을 경박하게 쓰지는 않았다고 확신하네.

자, 어떤가? 자네는 그래도 내가 광신적이며 독단을 설교한다고 말할 텐가? 글쎄, 자네가 그런 식으로 이해하고 싶다면 어쩔 수 없는 노릇이겠지. 그렇다 해서 딱히 불쾌하게 느껴지지는 않네. 나는 내 감정들을 수치스럽게 여기지 않네. 원칙과 신념을 가진 사람이라는 사실이 낯 뜨겁지도 않고.

자네는 내가 사람들을, 특히 나 자신을 어디로 인도하기를 원한다고 생각하나? '먼바다'라네. 내가 가진 원칙은 바로 이런 걸세. '인간들이여, 영혼을 대의에 희생하라. 가슴으로 일하고, 사랑하는 것을 사랑하라.'

'사랑하는 것을 사랑하라'는 말은 쓸데없는 조언 같지만, 실은 아주 큰 의미를 지니고 있네. 생각해보게. 자기가 가진 최고의 능력을 그럴 만한 가치도 없는 데 쏟아붓는 반면, 정작 자신에게 소중한 것은 계모처럼 학대하는 자가 한두 사람이 아니지 않은가? 심지어 사람들은 그러한 태도를 '의연한 성품'이라거나 '강한 정신력'의 표현으로까지 믿고 있지. 그러면서 가슴에서 불타오르는 정열에 솔직히 빠져드는 대신, 가치 없는 것에 힘을 쏟고 진정으로 사랑하는 것은 무시해버리네.

따지고 보면 이 모든 일은 '도덕적 제약'이나 '의무감' 때문에 '그것을 해야만 한다고 믿어지는' 가운데 '가장 성스러운 의

수레국화를 입에 문 청년

1890년, 캔버스에 유채, 40.5×32cm.

도'로 이루어지네. 결국 사람들은 진정한 의식과 준^準의식 또는 의식으로 가장된 것을 혼동하면서 자신의 눈에서 '들보'를 붙잡는 거지.

눈에 박힌 괴물만 한 크기의 들보들과 함께 오랫동안 이 땅을 거닐기는 나 역시 마찬가지였네. "지금은 그것들을 치워버렸느냐"고 물을 수도 있겠지. 글쎄, 뭐라고 대답할까? 한 가지 사실만은 분명하네. 거대한 들보 하나는 일단 없어졌다는 거지. 하지만 몹시 슬플 때면 들보를 보지 않았다는 사실을 알기 때문에, 아직도 다른 들보들이 남아 있을 가능성을 전혀 배제하지는 않네. 물론 그것들이 있는지 없는지는 볼 수 없지만, 하여튼 그때 이후 나는 눈에 박힌 들보를 경계할 줄 알게 되었지.

방금 말한 거대한 들보는 다소 비예술적인 장르였네. 나머지 것들이 어떤 장르인지는 말하지 않겠네. 실제로 세상에는 모든 장르의 들보들이 있네. 예술적·신학적·도덕적(매우 흔한!) 들보들, 경험적·이론적 들보들(때로 이 둘은 운명적으로 결합되기도 하지!), 그리고 또 다른 많은 들보들이.

일전에 테오로부터 반가운 편지를 받았네. 자네 안부를 묻는 것도 잊지 않았더군. 동생에게 데생 몇 점을 보냈는데, 그는 내게 브라반트 사람들을 계속 그리라는 조언을 간곡히 덧붙였더군. 동생은 미술에 관해 늘 본질적이며 종종 실용적이고 실행 가능한 의견을 제시하곤 하지.

오늘 다시 한번 체념이라는 '검은 짐승'과 싸움을 벌였네.

1881

60

해바라기
1887년, 캔버스에 유채, 43.2×61cm.

그 짐승은 자르면 자를수록 새로운 머리가 돋아나는 일종의 두 사頭蛇인 듯하네. 하지만 놈을 제거하는 데 성공한 사람들도 있지. 짧게라도 시간만 생기면 나는 이 오래된 '검은 짐승'과의 싸움을 즐긴다네.

혹시 알고 있는지 모르겠네만, 신학에는 체념을 통한 금욕이라는 이론이 있지. 그것이 만약 상상이나 글쓰기 또는 신학자들의 설교에만 존재한다면 아무 걱정할 필요가 없겠지. 하지만 불행히도 그것은 몇몇 신학자가 인간의 어깨 위에 얹어놓고 자신들은 손가락 하나 까딱 않는 무거운 짐 가운데 하나라네. 체념이라는 검은 짐승은 엄연히 현실 속에 살면서 '인간 삶의 크고 작은 많은 비참함'을 불러일으키지.

사람들이 내게 이 멍에를 씌우려 할 때, 나는 "좋소, 그렇게 하시오"라고 응수했네. 그들은 나를 몹시 불손하다고 여겼겠지. 그렇다 해도 상관없네. 사람들이 체념의 존재 이유가 뭐라고 생각하든 체념은 체념할 줄 아는 사람을 위한 것이네. 신앙이 믿음을 가질 줄 아는 사람을 위한 것이듯 말일세. 만약에 나라는 인간이 체념이 아니라 신앙과 그로부터 솟아나는 모든 것을 위해 태어났다면, 자네는 내가 무엇을 하면 좋겠나? 시간이 나면 한번 더 답장을 써주게. 기다리겠네. 악수를 청하며….

1881년 11월 21일, 에턴에서

✳

나는 광신자라네

라파르트에게

정확한 지적이 담긴 자네의 편지 기쁘게 잘 읽었네. 바로 그런 솔직함 덕분에 우리 사이의 편지 왕래는 더욱더 의미 있어진다고 믿네.

결론적으로 말해 자네는 내가 광신자라는 건가? 괴롭고 따가운 비판이긴 하지만, 어쨌든 깨우쳐준 점 고맙네. 스스로는

1881

62

감히 인정하지 못하던 사실을 자네가 이해하게 해줬네.

나는 내 나름의 의지와 기질을 지녔네. 그리고 그에 의해 결정된 방향으로 움직이지. 그렇다고 거기에 만족하는 것도 아니네. 다른 사람들이 나와 동반해주기를 원하고 있지. 그러니 광신자라는 말도 과언이 아니네.

좋네, 이제부터 나는 다른 무엇도 아닌 광신자이기만을 원하려네! 자네, 그 노정의 동반자가 되어줄 수 없겠나? 자네를 보지 않고 지낸다는 건 너무 괴로운 일이라네. 내가 이상한 건가?

'사랑하는 것을 사랑하라'는 내 신조는 자명한 이치에 근거하네. 그래서 그 자명한 사실을 되풀이해 말할 필요는 없다고 판단했지. 하지만 좀 더 명확히 하기 위해 다시 한번 인용해야겠군.

'인간들이여, 사랑하는 것을 사랑합시다. 자기 자신이 됩시다. 마치 신보다 더 잘 아는 듯 행동하지 맙시다.'

마지막 표현은 내가 아니라 마우베의 신조일세. 어쨌든 나는 이 명제의 정당성을 내 식대로 증명해 보이려 하네.

자신이 사랑하는 것을 사랑하지 않는 사람이 있다고 가정해보세. 그는 하느님이 만든 세상에 수많은 번민과 불행을 불러일으키는 동시에 타인까지 불행하게 할 것이네. 모든 사람이 그처럼 사랑하는 것을 사랑하지 않는다면 신이 창조한 이 세상에 무슨 일이 일어날 것이며, 그런 상황에서 존속할 수 있는 것은 무엇이겠는가? 한마디로 모든 사람이 예의 그 사람과 같다면 세상은 근본적으로 치유할 수 없는 결점투성이가 되고 말 걸세.

이제 내 명제의 결론 또는 '결과'에 대해 정리해봄세.

첫째, 자신이 사랑하는 것을 사랑할 생각이 없는 사람은 자멸한다.

둘째, 오랫동안 견뎌내려면 인내력이 몹시 강해야 한다.

셋째, 만약 바뀐다 해도 그의 전향은 근본적이지 않을 것이다.

여기에 대해 부언하건 안 하건, 자네는 궁극적으로 내가 말하고자 하는 바를 짐작하리라 믿네. 라파르트, 아카데미에 몸담고 밧줄에 매달려 있다가는 다른 많은 사람들처럼 질식하고 말걸세. 정말로 바다로 가고자 할 때, 불행히도 자신이 매달린 밧줄을 풀지 못할 거란 말일세.

물론 자네는 충분히 강한 근육을 가지고 있기 때문에 필요한 경우 밧줄을 풀고 문을 넘는 데 성공하겠지. 그러나 다른 사람들 중에는 그 문을 통해 밖으로 나오려다 '걸려 넘어지는' 이가 분명히 있을 걸세.

'아카데미의 비상구' 외에 지난 편지에서도 말한 '눈의 들보'가 있네. 유감스럽게도 세상에는 눈의 들보 수만큼 많은 비상구가 있지. 얼마나 많으냐고? 족히 한 군단은 될 걸세. '군단'이라 했네!

나는 도덕적인 눈의 들보들 때문에 여태껏 몹시 괴로워했고,

1881

구두
1888년, 캔버스에 유채, 45.7×55.2cm.

피로에 지쳐
1881년, 종이에 잉크와 수채, 23.4×31.3cm.

지금도 괴로워하고 있네. 물론 앞으로도 괴로워하겠지. 하지만 다른 한편으론 그 들보들을 뽑아냈고, 뽑아내고 있으며, 계속 뽑아낼 것이네. 마찬가지로 도덕적인 비상구 역시 부쉈고, 부수고 있으며, 부수기를 계속할 것이네. 언제까지? 내가 자유로운 눈과 통로를 갖게 될 때까지.

지난번에 이야기한 '검은 짐승' 말인데, 놈을 몰아내는 데 쓸 시간이 충분치 않지만, 하여튼 그 짐승에 대한 공격의 고삐를 늦추지는 않고 있네. 검은 짐승은 '어디 두고 보자' 하고 있을 걸세. 놈은 조금이나마 경계의 빛을 보이기 시작했네.

체념은 체념에 길들여지기 마련이기에 그 짐승은 결국 내가 싸움을 포기하리라 여겼겠지. 하지만 나는 여전히 싸울 의지를 품고 있네. 어쨌든 언젠가는 자네에게 '검은 짐승'을 주제로 이야기하게 될 걸세. "그 멋진 검은 짐승! 그래도 나를 즐겁게 하고 있네."

그럼 악수를 청하며. 자네에게 자주 편지하는 이유는 하루라도 빨리 많은 답장을 받고 싶기 때문이네.

1881년 11월 23일. 에턴에서

1 8 8 1

66

낯선 곳에서의 시작

라파르트에게

브뤼셀에서 보낸 편지는 받았네. 한마디로 전혀 마음에 들지 않더군. 완전히 제정신이 아닐 때 쓴 것이라고 자네 스스로도 밝혔다시피, 편지의 내용은 전체적으로 검증을 거쳐야만 할 것 같네.

어쨌든 브뤼셀에서 돌아왔다니 기쁘네. 내 생각에 그곳은 자네가 있어야 할 곳이 아니네. 자네가 아카데미에서 배우고자 했던 '숙련된 기술'에 대해 말하자면, 나로서는 그곳에서 자네가 오히려 속임수에 넘어가지는 않았을까 몹시 걱정스럽네. 기술은 그런 식으로 배울 수 있는 것이 아니네. 심지어 스타라엘트로가 가르친다 해도 말이지.

요즘은 처리해야 할 온갖 일들로 무척 바쁘다네. 1월 1일쯤에 입주할 아틀리에 하나를 구했네. 며칠 뒤 여유가 생기면 가벼운 머리로 다시 편지함세. 이해하게나. 지금은 편지 쓰는 일보다 더 중요한 일들이 산더미처럼 쌓여 있다네.

물론 내 편지들이 늘 일목요연하거나 무언가를 정확하게 설명한다고 말할 수는 없네. 오히려 자주 실수를 저지르는 편이지.

그러나 라파르트, 자네가 몹시도 중시하는 아카데미 회원들(스타라엘트로나 세베르돈크)이 한 푼의 값어치도 없다고 말할

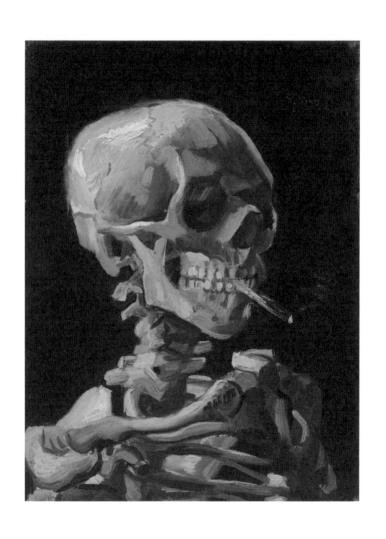

담배 피우는 해골

1886년, 캔버스에 유채, 32.3×24.8cm.

때의 나는 무척 진지하다네. 다시 한번 말하지만, 내가 자네라면 더 이상 그들을 개의치 않겠네. 아카데미에 관해서라면 더는 듣고 싶지도, 이야기하고 싶지도 않군. 단 한 음절도.

아틀리에에서 작업하게 되면 규칙적으로 모델화를 그려보는 게 어떻겠나? 자네에게 큰 만족을 줄 걸세. 그럼 이만.

아직 주소가 정해지지 않았으니 답장을 보내려면 에턴으로 보내게. 내게 전달될 걸세.

아버지와의 불화 때문에 에턴을 떠났네. 교회에 나가는 일 같은 사소한 문제들이 싸움의 원인이었지. 아무리 작업에 몰두한다 해도 그러한 불화는 나를 온전한 정신 상태로 내버려두지 않네.

여전히 어려움은 있지만, 계속되는 불화와 권태를 짊어지고 살기보다는 낯선 이곳에 머무르는 쪽이 더 만족스럽네.

1881년 12월 3일, 헤이그에서

사랑하는 것을 사랑하라.

자기 자신이 돼라.

CHAPTER 2

예술가적 양심

1882

*

나의 보물

라파르트에게

암스테르담으로 보내려고 조금 전에 데생들을 꾸렸네. 자네 덕분일세. 데생은 모두 합쳐 일곱 개로, 도시를 그린 두 개 가운데 큰 작품은 판지에 붙여 완벽하게 연결했네. 선들도 좀 더 분명해졌지.

〈꽃이 핀 정원〉은 자네 충고대로 수정을 가했네. 특히 전경에 놓인 물과 제방에 신경을 많이 썼지. 이처럼 수정된 상태로 보면 꽤 성공작이라고 평가받을 수 있을 걸세. 내 생각에 이 작품은 봄과 그 온전한 평화를 잘 표현하고 있네.

〈목수의 작업장과 빨래터〉에 대해 말하자면, 펜촉으로 수정한 후 마지막으로 회색 색조를 가미했네. 그러고 나니 작품이 한층 더 빛을 발하는군.

오늘은 아침부터 작업에 매달렸네. 데생 하나를 더 완성하고 싶어서였지. 〈목수의 작업장과 빨래터〉처럼 높은 곳에서 내려다본 생선 건조장을 그리려고 일찌감치 모래언덕으로 올라왔는데, 지금은 오후 한 시이고 다행히도 데생은 마무리되었네. 한번 더 멋진 대지와 정면으로 마주할 수 있었네. 그래서인지 모든 일이 잘될 것 같아.

자네를 다시 볼 수 있어 매우 기뻤네. 특히 자네 작업에 관한 이야기는 굉장히 흥미롭더군. 기회가 된다면 함께 주변을 산책해보고 싶네. 분명 스헤베닝언의 생선 건조장 같은 많은 볼거리를 발견하게 될 걸세. 물론 자네가 나보다 헤이그와 스헤베닝언을 더 잘 알 수도 있겠지. 자네 혹시 '기스트'나 '슬리게닌데' 같은 골목길과 마을, 그리고 헤이그의 화이트채플을 아나? 모른다면 그곳으로 안내해주고 싶군.

자네에게 보여줄 목판화 두 개를 더 발견했네. 하나는 에드워드의 작품이고, 다른 하나는 그린의 것이네. 내가 보기엔 그린의 작품이 특히 아름답군. 루이 16세 시대의 간판을 그리는 한 화가와 그를 바라보는 구경꾼들을 그린 작품이지. 그뿐 아니라 내게는 로후선 작품의 복사본도 하나 있네.

프레더릭 워커의 〈부랑자들〉을 아나? 부식동판화의 걸작이라 할 수 있지. 겨울 저녁, 소년의 손에 이끌려 서리 덮인 잡목림 사이의 자갈길을 따라가는 눈먼 노인의 모습. 전형적인 모던 정서가 표현된 이 작품은 확실히 같은 분야에서 가장 뛰어난 걸작 가운데 하나일세. 뒤러의 〈기사, 죽음 그리고 악마〉보다 힘차지는 않지만, 더 친근하고 독창적이며, 그만큼 가식이 없네.

네덜란드 예술가들이 영국 예술가에 대해 잘 모른다는 사실은 매우 유감스러운 일이네. 다시 말하면, 우리의 예술가들은 대체로 영국 미술을 크게 신임하지 않은 채 단지 피상적으로만 판단하고 있는 듯하네.

1882

생폴 병원의 정원

1889년, 캔버스에 유채, 66.7×51.5cm.

예컨대 〈쌀쌀한 시월〉이라는 밀레이의 풍경화에 감복했던 마우베조차도 매번 같은 말을 반복하고 있네. "영국은 문학의 나라"라고. 하지만 그는 한 가지 사실을 간과했네. 바로 디킨스, 엘리엇, 커러 벨 같은 영국 작가들이나 발자크 같은 프랑스 작가들이 놀랍게도 '조형적'이라는 것이었지. 이런 표현이 적합할지 모르겠지만 말일세.

게다가 그들의 조형술은 헤르코머나 필즈, 이스라엘스의 데생보다도 힘이 있지. 아닌 게 아니라 디킨스는 스스로 종종 이런 표현을 쓰곤 했네. "나는 스케치를 했다."

감상주의 못지않게 나는 회의주의도 경멸하네. 그렇다고 지금 우리의 예술가들이 회의적이라거나 파렴치하다고 말하려는 건 아니네. 종종 어떤 모습을 일부러 꾸미려 한다면 모를까. 반면에 영국인들은 자연에 많은 중요성을 부여하고 가능한 한 있는 그대로를 믿는 편이지.

나도 내가 저지르는 똑같은 실수에 놀라곤 하네. 그뿐 아니라, 내 데생들 속에서 간접적으로 표현되는 것 이상의 감상주의에 빠지곤 하지. 솔직히 말하자면 나도 감상주의를 경멸한다는 따위의 이야기는 할 자격이 없네.

오늘날엔 많은 아름다운 것들, 곧 그림이 될 만한 정취 있는 모습들이 사라져가고 있네.

최근에 찰스 디킨스의 아들이 쓴 글을 읽었네. 그는 "만약 아버지가 살아 돌아오신다면 생전에 묘사했던 많은 것을 다시

1882

76

볼 수 없으리라"고 썼더군. '오래된 런던'은 사라지고 있네. 사람들은 장애물을 치우듯 오래된 런던을 쓸어버리지.

사정은 네덜란드에서도 마찬가지라고 해야 할 걸세. 예컨대 아름다운 마을이 자리 잡았던 곳에 정취 있는 풍경과는 판이한 집들이 줄줄이 들어서고 있네. 그나마 그것들이 건설 중인 경우는 이야기가 좀 다르다고 해야 할까? 실제로 현장에서 볼 수 있는 자재 더미나 창고 또는 노동자들의 모습은 무척 아름답게 느껴지니 말일세.

여기서도 운치 있는 곳은 싸구려 식당들과 삼등칸 대기실뿐이네. 만약 빵을 벌려고 도시전망도 따위를 만들어야 하는 상황만 아니라면, 나는 인물화 그리는 일 외에 다른 어떤 일도 하지 않을 걸세.

하기야 지금으로선 그것도 쉬운 일이 아니지. 아직 도시전망도를 원하는 사람도 만나지 못한 처지인 데다, 이따금 조건 없이 포즈를 취해주는 이들이 아주 없진 않지만, 모델을 쓰려면 번번이 비용을 지불해야 하니 말일세.

요새 나는 함께 일하는 모델에게 매우 만족하고 있다네. 자네가 왔을 때 내 집에 있던 그 여인 말일세. 그녀는 점점 더 자기 일에 익숙해지고 있고, 무엇보다 나를 잘 이해해주네.

일이 잘 안 풀리거나 화가 날 때면 나는 자리를 털고 일어나 이렇게 말하지. "모델료가 아깝군." 물론 더 듣기 거북한 소리를 내뱉는 경우도 있네. 하지만 대부분의 사람과 달리 그녀는

아델린 라부
1890년, 직물에 유채, 50.2×50.5cm.

내 언사를 폭언으로 받아들이지 않는다네. 그저 내가 안정을 되찾고 다시 작업에 들어가기만 조용히 기다릴 뿐이지. 게다가 그녀는 자신의 태도나 자세에서 필요한 세부 사항을 찾을 때까지, 언제건 말없이 참고 견딜 줄도 안다네. 한마디로 내게는 보물 같은 존재지.

인물의 크기를 외부에서 정해야 하거나 밖에서 작업한 데생

1 8 8 2

위에 작은 실루엣 자리를 찾아야 할 때, 일례로 해변 위의 인물이 고기잡이배가 있고 햇빛이 드는 곳에 어떻게 윤곽을 드러내는지 보려 할 때, 이 한마디면 충분하네. "그 시각에 그곳에 있으시오." 그러면 그녀는 그곳에 있네.

늘 함께 있다 보니 우리는 재정적인 문제에 대해서도 많이 이야기를 나누지. 하지만 걱정할 필요는 없을 걸세. 나는 이 못생기고(?) 시들어버린 여인만큼 소중한 조력자를 한 번도 가져보지 못했네. 누가 뭐라건 그녀는 나에게만큼은 아름다운 여인이네.

삶이 그녀를 시들게 하고 고통과 시련이 상처를 남겼지만, 그녀에게는 무언가 끌어낼 것이 있네. 경작하지 않은 토지에서는 아무것도 얻을 수 없는 법이지. 그렇듯이 상처와 시간의 흔적을 품고 있는 그녀에게선 아무런 흔적도 없는 대다수의 여인들에게서보다 훨씬 많은 것을 발견할 수 있다네.

자네의 답장을 빨리 받아 보고 싶네. 그리고 가능하다면 각자의 작업이 허락하는 한에서, 또한 우리의 '쓸모 있는 수다'가 쓸모없어질 경우엔 서로 통보한다는 조건 아래 정기적으로 편지를 주고받았으면 하네. 물론 그런 통보로 서로가 기분 나빠하지 않는다는 전제하에서 말일세.

내일 다시 모래언덕과 생선 건조장에 들를 생각이네. 최근 밀레에 관해 그의 친구 상시에가 쓴 역작을 읽었네. 자네가 아직 읽지 않았다면 꼭 추천해주고 싶을 만큼 매우 흥미로운 책이

더군. 밀레에 관한 책은 이전에도 많이 읽었지만, 이 책을 읽고 몰랐던 새로운 사실들을 알게 되었지. 그만큼 상시에의 책은 밀레의 절친한 친구인 그만이 알고 있을 여러 가지 세세한 사실들을 담고 있었네.

이만 마지막 인사를 해야겠군. 악수를 청하며.

일요일 저녁, 스헨크베흐 138

▶ 라파르트의 방문은 내게 큰 힘이 되었다. 그는 2.50플로린을 주었고, 데생의 결점을 지적하며 말했다. "이것을 복구해야 하네." "물론이지." 나는 계속해서 덧붙였다. "돈은 없지만, 이 그림을 보내야만 하네." 그는 기꺼이 돈을 지불하겠다고 했고, 나는 한 벌의 판화와 데생을 그가 가진 돈만 받고 그에게 주었다. 조금 더 받을 수도 있었지만, 거절했다. (테오에게 보내는 편지에서)

＊

그림의 가치

라파르트에게

고맙다는 말과 함께 자네가 빌려준 2.50플로린을 동봉하네. 데생들에 대한 답신을 받았지만, 대가는 내 기대에 미치지 못했네.

1882

일곱 작품에 30플로린 정도는 생각하고 있었는데, 고작 20플로린에 그쳤거든. 게다가 덤으로 질책까지 들어야 했으니….

그 데생들이 최소한의 상업적 가치밖에는 지니지 못했다고 내가 감히 생각이라도 했겠는가?

참으로 예술은 시샘이 많네. 우리가 가진 모든 시간과 정력을 요구하지. 우리가 전적으로 그에 몰두한다 해도 줄곧 자기만 바라봐주기를 고집하네. 마치 실리에 어둡고, 때로 매우 신랄한 기호를 가진 사람처럼. 결국 우리는 스스로 어려운 문제들을 해결해야만 하지.

나는 그림의 상업적인 가치에 대해서는 잘 모른다고 대답했네. 판매상이 그 그림들이 상업적으로 가치가 없다고 말한다 해도 거기에 반박하거나 이론을 제기할 의사도 없다고 했지. 나는 예술적인 가치에 더 큰 비중을 두고, 값을 재기보다는 자연에 열중하기를 좋아한다고 밝혔네.

그런데도 내가 가격을 논하거나 그림들을 아무 대가 없이 판매상에게 주지 않는 것은 나 역시 다른 모든 사람처럼 인간으로서 먹고살 필요가 있기 때문이라고 했네. 물론 상대적으로 덜 중요할지라도 이 문제들을 해결하는 것은 내 의무라고도 덧붙였지.

마지막으로, 판매상의 의향을 거슬러가면서까지 내 작품을 강요하고 싶지는 않다는 점도 분명히 밝혔네. 더불어 그가 원하는 데생들을 줄 수도 있었지만, 그러면 그의 손님들을 잃게 하

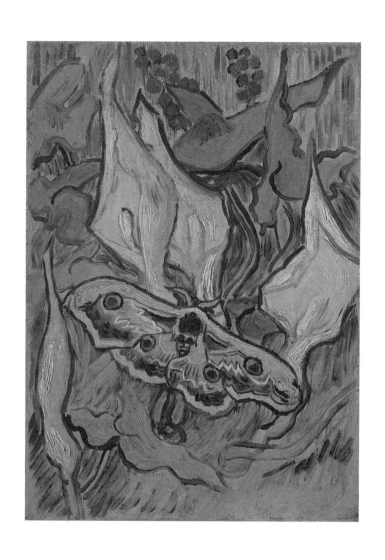

거대한 공작나방

1889년, 캔버스에 유채, 33.5×24.5cm.

는 결과를 초래할 수도 있다고 말했지. 보나마나 이 사건은 후유증을 낳을 테고, 사람들은 나를 두고 배은망덕하고 무례하며 난폭하다고 나무라겠지. 어쩌면 그들은 이렇게 나를 비난할 걸세. "암스테르담의 자네 삼촌은 호의와 친절을 다해 여러모로 자네를 도와주었네! 하지만 자네는 뭔가! 거드름과 악의, 실수 등으로 그의 은혜를 저버리지 않았나!"

참 모르겠네, 이 일을 두고 울어야 할지 웃어야 할지. 정말 재미있는 사건 아닌가? 요컨대, 돈 많은 상인들은 선량하고 정직하고 솔직 공정하며 우아하다네. 하지만 우리같이 때로는 이른 아침 아틀리에에서, 때로는 늦은 거리에서, 그리고 때로는 작열하는 태양과 쏟아지는 눈발 아래에서 그림이나 그리는 가난한 화가들은 섬세함도 현실 감각도 예의범절도 모르는 자들이라네. 뭐, 그렇다 해도 상관은 없네.

암스테르담의 삼촌은 드 그루가 실제로 악의에 찬 사람이라고 다시 한번 말했네. 자네는 삼촌의 이 말이 드 그루에 대한 내 인상을 얼마나 바꾸어놓았는지 이해할 걸세. 내가 그에게 유일하게 말한, 그리고 아직까지 그가 대답을 찾지 못한 문제가 무엇인지 아나? 그건 돈의 문제라기보다는 작품에 대한 태도의 문제라네.

자네에게 시시콜콜 이야기를 늘어놓는 것은 엔진이 폭발하기 전에 밸브를 조금 열어두자는 의미네. 이렇게라도 하지 않으면 나는 이 사건을 계기로 원한을 품게 될지도 모르네. 이제 더 이상은 아무 생각 않고 모든 걸 그만 잊어버리고 싶네.

화상들은 늘 아주 친절하게 시작하고 부드럽게 자신을 표출하지만, 정작 중요한 순간에는 몹시 거칠고 냉정해진다네.

그럼 안녕히. 다시 한번 고맙다는 말 전하네. 신의를 다하며….

날짜 미상

> ▸ 라파르트의 편지를 받았다는 말을 너에게 해야만 할 것 같다. 당연히 나는 2.50플로린을 그에게 돌려주었는데, 얼마 지나지 않아 그로부터 다시 편지가 왔더구나. 그는 내 데생에 대해 전에 아틀리에에서 한 말을 되풀이하면서, 특히 구상, 감각, 생명력 면에서 그것들을 높이 평가했다. 그는 내 데생들이 무척 마음에 든다며 같은 장르의 작품들이 더 있다면 자기에게 보내달라고 제안했다. 그는 내 작품들을 팔 수 있으리라 기대하고 있다. (테오에게 보내는 편지에서, 1882년 6월 22일)

✻

입원

라파르트에게

최근에 받은 자네 편지에 감사의 뜻을 전하려고 이 글을 쓰네. 얼마 전부터 안정을 잃지만 않았어도 더 빨리 답장을 보냈을 걸세.

자네 편지는 아틀리에가 아니라 3주 전부터 머문 이 병원에서 받았네. 그러니 반가움이 두 배로 클 수밖에. 게다가 삼촌의 취향이 전혀 아닌 데생에 대한 자네의 말 역시 내게 두 배의 기쁨을 주었네. 누군가 나중에 이야기해주더군. 그림 판매상들이 생각만큼 그렇게 사악하지는 않을뿐더러, 삼촌 역시 악의를 품고 말했던 건 아니라고.

어쨌든 그때의 데생들과 비슷한 영감을 보여주는 또 다른 작품들, 이를테면 모래언덕의 가자미 건조장을 묘사한 그림들에 몰두하다가 나는 감기에 걸렸고, 발열과 함께 극도의 흥분 상태에 빠졌네. 모든 것이 방광으로만 몰리는 듯하면서 더 이상 소변을 볼 수가 없었지. 그러다 결국은 숨쉬기조차 어려워졌고, 극심한 고통에 시달리다 마침내 이곳까지 오게 된 거라네.

의사들이 손을 쓴 뒤로 건강은 조금씩 회복되기 시작했네. 기쁜 일이지. 하지만 아직 완쾌된 상태는 아니어서 언제 집으로 돌아갈지는 알 수가 없네. 8일 안에 다 나으면 좋겠지만, 그건 희망 사항일 뿐, 병의 추이를 지켜보는 수밖에.

병원에서는 꽤 즐겁게 지내고 있네. 10인실에 묵고 있는데, 얼마 전까지만 해도 움직일 수가 없어서 여태껏 작업을 못 했네. 하지만 이제는 매일 한 시간씩 정원에 내려갈 수 있게 됐지.

어제는 바로 그 정원에서 서투르게나마 다시 그림을 그리기 시작했네. 처음 며칠 동안은 너무나 지쳐 아무것도 바라볼 수 없었지만, 지금은 사정이 꽤 달라진 셈이지. 퇴원하더라도 몸을 항상 잘 간수해야 할 것 같네.

많이 좋아지긴 했지만, 문제는 움직이거나 좀 걸었다 싶으면 지난주에 그랬던 것처럼 병이 도질 수도 있다는 점이네. 그것만 아니라면 좀 더 빨리 나을 수 있을 텐데.

가자미 건조장이나 마을을 묘사한 데생 몇 개가 완성되는 대로 곧 자네에게 보내겠네. 가능하다면 그 작품들을 팔아주게나. 조급하게 굴지 않고 한 작품이라도 성공하기를 기다리려네. 암스테르담에서 있었던 문제는 새삼 떠올리기조차 싫지만, 어쨌든 작품들을 그곳보다는 자네에게 보내고 싶네.

만약 그림을 팔지 못한다면 주저하지 말고 내게 되돌려주길 바라네. 내가 낙담하리라 지레 염려할 필요는 없네. 처음부터 성공하는 사람은 드문 법이지. 하여튼 내 데생에 문제가 있었건 구매자의 잘못이었건 간에 이미 경험한 실패 때문에 서로가 불안해하지는 말기로 하세.

1882

아를: 밀밭에서 본 풍경

1888년, 리드펜과 깃펜과 갈색 잉크, 31.2×24.1cm.

다시 작업을 시작하게 되면 곧바로 소식을 전하겠네. 한 번 더 자네 답장에 감사하네. 답신을 기다리며….

1882년 6월 22일, 병원 6호실에서

✳

약해지면 안 되는 이유

라파르트에게

어제 자네 편지를 받고 무척 기뻤네. 동봉한 크로키들은 아주 좋더군. 특히 〈묘지〉는 매우 인상적인 작품이었네.

동생 테오가 수채화들을 보고 간 이후 다시 작업을 시작했네. 솔직히 내 습작들을 보면 사람들이 초기작이라고 여길 것 같지는 않네. 그만큼 작품들이 좋아 보여서 나로선 큰 기대를 걸고 있지.

자네, 이곳에서 요즘 네덜란드 데생협회의 전시회가 열리고 있다는 사실을 아나? 아주 좋은 작품들이 나와 있지.

특히 마우베의 〈베 짜는 여인〉은 지금까지도 뇌리에 남아 있을 정도라네. 이스라엘스의 유화 소품들도 그냥 넘어갈 수 없지. 이들 외에도 뉴이스나 마리, 뒤샤텔, 테르 뫼렌을 비롯해 많은 작가가 전시회에 참여했다네. 바이센브루흐도 빼놓아선 안 되겠군.

1882

생트마리드라메르 해변의 고기잡이배
1888년, 캔버스에 유채, 65×81.5cm.

이스라엘스가 그린 바이센브루흐의 훌륭한 초상화 한 점은
말로 표현할 수 없을 만큼 독창적이고 진실한 느낌이었네. 그런
가 하면 메스다흐의 아름다운 해양화 대작 앞에선 그저 황홀할
뿐이었지. 반면에 스위스를 배경으로 한 그의 데생 두 점은 어
떤 대담함을 표현하고는 있지만, 숨결이나 감성이 배제된 졸작
으로밖에 여겨지지 않더군. 많은 새끼들에 둘러싸인 빌럼 마리
스의 암퇘지 그림도 매우 아름답고, 야코프 마리스의 도시전망
도 대작은 얀 페르메이르의 작품만큼이나 훌륭하다네.

얼마 전에는 프랑스 미술전람회가 열렸네. 전시된 그림은 모

라켄의 오샤르보나주 카페
1878년, 종이에 연필, 펜과 잉크, 14×14.2cm.

두 개인 소장품이었지. 도비니, 코로, 뒤프레, 브르통, 쿠르베, 디아즈, 자크, 루소….

　나는 몹시 감격한 동시에 하나둘 사라진 이 거장들을 추억하며 조금 우울해졌네. 코로도, 루소도, 밀레도, 도비니도 이미 이승을 떠나 영면했네. 브르통, 뒤프레, 자크, 프레르는 아직 살아 있지만, 더 이상 작업복 차림으로 붓과 씨름하지는 않네. 모두 늙어 죽음을 목전에 두고 있지.

1 8 8 2

그렇다면 그들의 후계자들은 어떤가? 과연 그들만큼 재능 있고, 그들만큼 노력하나? 그래서 진정한 현대의 거장이라고 불릴 만한가? 바로 여기에 있다네, 우리가 열정적으로 작업하고, 약해져서는 안 되는 이유가….

새로 자리 잡은 아틀리에는 아주 마음에 드네. 가까운 곳에서 그림의 주제를 발견하곤 하지. 조만간 한번 들르게. 자네와 자네의 작업들을 진심으로 보고 싶네. 올 수 없다면 편지로라도 작업에 대해 알려주게.

테오가 안부 전해달라고 부탁하더군. 자네 일은 아주 잘되어가고 있다고 그에게 전했네. 요즘은 거의 편지를 쓰지 못하고 있네. 이 글도 황급히 적은 거라네.

모든 면에서 자네의 성공을 간절히 바라네. 상상의 악수를 청하며, 신의를 다하여.

일요일 저녁

✳

보리나주 여행 계획

라파르트에게

목판화 몇 점을 같이 보낼 수 있어 기쁘군. 접히는 부분이 조금

손상되겠지만, 쉽게 복구할 수 있을 걸세.

혹시 무기 창고 계단에서 등불을 손에 들고 번쩍거리는 갑옷을 지켜보는 여자를 묘사한 퍼시 맥쿠오이드의 작품을 갖고 있나? 일전에 그 작품과 함께 나무에 기대선 흰옷 입은 소녀를 묘사한 또 다른 판화 하나를 구해놓았네. 자네가 아직 구하지 못했다면 다음번 편지에 동봉하겠네. 그는 영국의 뛰어난 현대 삽화가들 가운데 한 사람이지.

모르긴 해도 자네는 아마 르누아르에 만족하고 있지 않을까 싶네. 그래서 하는 이야긴데, 나중에 내가 그의 작품 몇 점을 구해줄 수도 있을 것 같네. 얼마 전에 오래된 정기 간행물 한 묶음을 갖고 있다는 어느 유대인을 알게 됐지. 그 간행물이라는 게 여기 동봉한 판화나 이미 말한 작품들과 같은 종류인데, 그는 심하게 파손된 그 책들을 들고 올 수가 없다는군. 그래서 시간이 나면 직접 그 잡동사니를 뒤지러 갈 생각이네. 그다지 유쾌한 일은 아닐 것 같지만 말이지. 〈석탄공의 파업〉은 꽤 뛰어난 작품인 듯한데, 자네 역시 좋아하리라 믿네.

광부들을 모델로 한 판화나 데생들을 구하려고 나름대로 많이 애쓰는 중이네. 〈석탄공의 파업〉도 그렇지만, 또 다른 사건을 보여주는 한 영국 판화도 무척이나 아름답다네. 아마도 네덜란드에서는 그 같은 주제가 거의 다루어지지 않았을 걸세. 조만간 이 방면으로 깊숙이 파고 들어볼 작정이네.

자네, 솔직히 대답해보게. 내가 두 달 동안 보리나주의 광산

1882

뒷면에서 본 건물들

1885~1886년, 캔버스에 유채, 43.7×33.7cm.

지방을 한 번 더 다녀올 예정이라면 같이 갈 생각이 있나?

보리나주는 거친 지방이지. 그런 곳을 여행하는 일은 유람과는 다르다네. 하지만 번개보다 빠른 사람들의 움직임을 크로키하는 데 좀 더 익숙해졌다 싶으면, 나는 기꺼이 그곳으로 떠날 작정이네. 그곳에는 아직까지 다른 이들이 한 번도 그린 적 없는 아름다운 것들이 많이 있지. 두 사람이 함께 간다 해도 무리가 따르는 일은 아닐 걸세. 그런 지방에는 맞서 싸워야 할 어려움이 많기 때문이지.

지금 상황으로 봐선 불가능하지만, 내 머릿속은 보리나주 여행 계획으로 가득 차 있네. 현재는 데생이나 그림을 통해 파업에 관해 연구 중이지. '바다'는 점점 더 강하게 나를 끌어당기고 있네.

최근 랑송의 작품 몇 점을 찾아냈네. 〈수프 배급〉 〈넝마주이들의 약속〉 〈눈 쓰는 사람들〉 등이지. 밤에 자다 말고 일어나 다시 한번 감상할 정도로 이 그림들은 너무나도 진한 감동을 불러일으켰네.

거리의 광경이나 삼등칸 대기실, 병원 같은 데서 영감을 받아 작업하다가 몹시 지칠 때면 민중을 묘사하는 위대한 데생화가들을 향한 경외감은 더욱더 깊어만 가네. 르누아르, 랑송, 도레, 모린, 가바르니, 뒤 모리에, 찰스 킨, 하워드 파일, 홉킨스, 헤르코머, 프랭크 홀, 그리고 다른 많은 작가들이 그들이지.

어떤 점에서는 자네 역시 크게 다르지 않으리라 생각하네.

1 8 8 2

구두 세 켤레

1886년, 캔버스에 유채, 49.8×72.5cm.

자네가 늘 개인적으로 내 감동을 자아내는 주제들을 다룬다는 사실에 무엇보다 큰 흥미를 느껴왔기 때문이네. 때때로 나는 우리가 너무 멀리 떨어져 살아 거의 볼 수 없다는 점이 몹시 유감스럽네. 편지 쓸 시간이 많지 않네. 그럼 이만 상상의 악수를 청하며, 신의를 다하여.

1882년 9월 15일

> ▶ 지난번 편지에서 네가 묘사한 몽마르트르의 노동자들을 아직도 생각하고 있다. 그들을 아주 잘 그려냈던 화가가 있지. 바로 랑송이다. 내가 갖고 있는 그의 판화들을 한 번 더 감상했다. 이 화가의 재

능은 참으로 놀랍더구나! 특히 〈수프 배급〉〈넝마주이들의 약속〉〈눈 쓰는 사람들〉은 정말 아름다운 작품이야. 랑송은 그의 소매에서 데생들이 떨어졌다고 할 만큼 너무나도 생산적인 작가다. (테오에게 보내는 편지에서, 9월 10일 이후)

✹

그림 제작자보다는 호텔 심부름꾼이 낫다

라파르트에게

반가운 편지 방금 받았네. 수다를 좀 떨고 싶은 생각에 곧바로 답장을 쓰네.

자네, 독일 판화를 많이 갖고 있다고 했지?

지난번에 테오에게 편지를 쓰면서 우연히 보티에와 또 다른 독일 작가들에 대해, 그리고 내 데생 작업에 대해 자네가 한 이야기와 거의 비슷한 말을 했던 게 생각나는군. 그보다 조금 앞서서 이탈리아 작가들이 대거 참여한 수채화 전시회를 관람했는데, 꽤 잘 그려진 작품들이 많았지만, 어쩐지 공허한 느낌을 지울 수 없었지. 그래서 테오에게 이렇게 썼다네.

알자스 미술가들이 클럽을 발족했을 당시는 그래도 미술에 호의

1 8 8 2

적인 시대였다. 보티에, 크나우스, 융트, 게오르게스, 반 무이덴, 브리옹, 슐러, 그리고 앙커의 데생 대부분은 다른 예술가들, 특히 에르크만-샤트리앙이나 아우어바흐 같은 작가들에 의해 설명되고 보강되었다!

그렇네, 이탈리아 화가들은 확실히 절정기에 있네. 하지만 그들의 '감성', 다시 말해 인간적인 감성은 어디에 있는가?

나는 이탈리아 화가들의 번쩍이는 공작 깃털 그림보다는, 밖에는 눈발이 날리고 비가 뿌리는 가운데 수프를 마시는 넝마주이 무리를 보여주는 랑송의 잿빛 채색 스케치를 바라보는 것을 훨씬 좋아하네. 날이 갈수록 이탈리아식 화가들은 급증하지만, 청빈한 화가들은 전에 비해 드문 것이 사실이네.

진지하게 말하는데, 나는 몇몇 이탈리아 화가들처럼 일종의 수채화 제작자가 되느니 차라리 호텔 심부름꾼이 되겠네.

물론 모든 이탈리아 화가들이 다 마찬가지라는 이야기는 아니네. 단지 이탈리아 화파의 경향이나 기풍에 대한 내 생각을 있는 그대로 말해본 것뿐일세.

아닌 게 아니라 여전히 인정받을 만한 작업을 하는 화가도 많이 있네. 특히 고야와 어느 정도 연계된 화가들, 즉 포르투노, 모렐리, 그리고 때로는 타페로, 에일뷔트, 추에츠 등이 그들이라고 할 수 있지.

이들 중 몇몇의 작품을 처음 봤을 때 나는 매우 감동했네.

조제프 룰랭의 초상

1889년, 캔버스에 유채, 64.4×55.2cm.

벌써 10년에서 12년 전, 내가 구필 화랑에서 일할 때의 일이었지. 심지어는 그것들이 영국이나 독일의 데생화가들 또는 마우베나 로후선의 완성도 높은 작품들보다 더 아름답다고까지 생각했네.

하지만 오래전에 그런 생각도 바뀌고 말았네. 즉, 그들은 바이브레이션을 낼 줄 아는 새들과 너무 많이 닮아 있다고 판단한 거지. 종달새나 나이팅게일은 작게 소리를 내지만, 더 많은 열정을 쏟음으로써 분명한 자기 색깔을 갖게 되리라 확신하네.

어쨌든 내게는 독일의 복제화들이 그리 많지 않네. 브리옹 시대의 걸작들을 얻기란 쉬운 일이 아니거든.

영국의 데생화가들에 대해서는 거의 아는 바가 없네. 그들의 삶조차 서술 못 할 지경이지. 하지만 영국에서 꼬박 3년을 지내는 동안 적지 않은 작품들을 보면서 그곳의 화가와 그들의 작업에 대해 대략적으로는 배웠네. 영국에 오랫동안 머물지 않고서는 그들을 전체적으로 평가하기란 거의 불가능하다네.

영국인들은 우리와는 다른 방식으로 느끼고, 해석하고, 표현하지. 우리는 그에 적응해야 하며, 이는 진정으로 연구할 만한 가치가 있는 부분이기도 하네. 영국인들은 위대한 예술가들이기 때문이지.

이스라엘스와 마우베, 로후선은 가장 영국적인 작가들이네. 그러나 '상相'의 측면에서 토머스 파에드의 그림은 이스라엘스의 그것과는 판이하지. 그리고 핀웰, 모리스, 스몰의 데생은 마우베의 작품과는 또 다른 양상을 띠며, 지베르나 뒤 모리에의 데생도 로후선의 것과는 다르네.

　어떤 면에서 영국의 데생화가들은 문학에서의 디킨스와 닮아 있다고 생각하네. 그들에게서 가장 빛나는 점은 바로 우리가 늘 되돌아오게 되는 고귀하고 유익한 '감성'이지.

　기회가 되는 대로 조만간 이곳에 들러 내가 가진 수집품들을 편안히 훑어보지 않겠나? 자네나 나나 총괄적인 개념을 얻고, 작품에 생명력을 부여하며, 영국의 데생학파가 멋진 앙상블을 이룬다는 사실을 분명히 알려면 복제품들을 시리즈로 감상하는 것이 좋네. 이는 마치 디킨스나 발자크, 졸라를 이해하려면 그들의 모든 작품을 읽어야 하는 것과 마찬가지 이치지.

　지금 내게는 쉰 개에 달하는 영국의 복제화들이 있네. 따로 떼어서 보면 별 의미가 없을지 모르지만, 모두 놓고 감상하면 꽤 큰 감동을 받을 수 있지.

　멘첼이 그린 〈셰익스피어 초상화〉를 아직은 모르지만, 어떻게 한 거장이 다른 거장을 이해했는지를 알기 위해서라도 그 작품을 꼭 감상할 생각이네. 치열하게 살아 있다는 점에서 멘첼의 작품은 확실히 셰익스피어의 작품과 닮아 있네.

　바우턴의 〈과부의 들판〉은 매우 아름다운 작품이네. 그렇네, 나는 이 모두에 완전히 사로잡혀 디킨스가 묘사하고 앞서 말한 데생화가들이 그려낸 일상의 모든 측면을 재현하려는 목적으로 내 삶 전체를 꾸려 가고 있네. 밀레는 말했지. "예술에 자신의

1882

브르타뉴 여인들과 아이들 (베르나르 모작)
1888년, 종이에 수채, 60×73.7cm.

전부를 쏟아야만 한다"고.

나는 벌써 투쟁에 가담했고, 내가 원하는 바를 알고 있네. '저명함'에 뒤따르는 모함이 나를 일탈시키지는 않을 걸세. 이미 여러 관점에서 나는 편집광이나 기이한 심술쟁이를 거쳤네. 물론 지금껏 혼자라고 느낄 때도 있지. 그러나 한편으로 이 고독은 나로 하여금 변치 않는 무언가, 즉 자연의 영원한 아름다움에 주의를 집중하도록 만드네. 오래전에 읽은 《로빈슨 크루소》에서도 고독은 용기를 잃게 하는 게 아니라, 오히려 자신을 위해 필요한 활동을 창조하게 만드는 힘으로 묘사되고 있지.

프랑스 소설 더미
1887년, 캔버스에 유채, 54.4×73.6cm.

칼 로버트의 《목탄화》를 되돌려줘야 할 때가 된 것 같네. 그
책을 몇 번이나 읽어가며 나름대로 노력했지만, 목탄 작업은 실
패했네. 목탄을 좋아하는 만큼 그것으로 그림을 그리고 싶다는
욕구도 몹시 크다네. 그러나 어찌 된 일인지 목탄 작업만 했다
하면 내 데생은 곧바로 힘을 잃고 말더라고. 하기야 짐작 가는
데가 전혀 없지는 않네. 하지만 사람들이 목탄화를 어떻게 그리
는지 한 번만이라도 볼 수 있다면 이 어려움은 쉽게 극복되리라
생각하네. 자네에게 설명을 부탁하는 방법도 있겠군.

어쨌든 책은 매우 만족스럽게 읽었네. 목탄이 훌륭한 도구라
는 작가의 말에도 전적으로 동의하네. 다만 내가 그것을 좀 더

1 8 8 2

잘 쓸 수 있기를 바랄 뿐이네.

자네, 혹시 감명 깊게 읽은 책 없나? 있다면 나한테도 좀 보내주게. 요즘 출판계 실정에 대해서는 거의 아는 바가 없으니…. 1년 전쯤의 문학이라면 약간은 알고 있네. 병치레하는 동안 많은 경외감을 가지고 졸라의 작품들을 읽었지. 발자크가 혼자라고 생각했는데 알고 보니 후계자들이 없지 않더군.

하지만 우리가 발자크나 디킨스, 그리고 가바르니 밀레의 시대를 되찾으려면 아주 멀리까지 거슬러 올라가야 하네. 그들이 사라진 지는 그리 오래되지 않았지만, 데뷔한 것은 이미 오래전이기 때문이네. 이후 많은 변화가 있었지. 그러나 진보는 전혀 없었다고 생각하네.

언젠가 엘리엇을 읽은 적이 있네. "죽었다 할지라도 살아 있다고 생각한다." 내 머릿속에서는 앞서 말한 시대가 바로 그렇다네. 또한 그것은 내가 로후선을 좋아하는 이유이기도 하지.

자네, 전설의 삽화에 대해 말했지? 혹시 로후선이 독일 전설에서 영감을 얻어 훌륭한 수채화들을 완성했다는 사실을 알고 있나? 나는 섬세한 '감성'이 특징인 〈레노레〉 시리즈를 알고 있네. 하지만 로후선의 중요한 작품들은 시중에 그리 많지가 않네. 대개는 부유한 미술 애호가들의 상자 속에 숨어 있기 십상이지.

최근 런던을 배경으로 한 도레의 작품을 보았네. 〈걸인들을 위한 밤의 수용소)는 이견의 여지 없이 아름답고 고결한 정서를 표현하고 있다고 생각하네. 그 작품을 갖고 있나? 그렇지 않다면 내가 구해볼 수 있는데….

현재 고아들을 주제로 수채화 작업을 진행 중이네. 그 밖에도 많은 주제에 손을 대기 시작해 한창 바쁘군.

편지를 가지고 외출했다가 도로 들고 들어왔네. 오래된 네덜란드 삽화를 비롯해 한 뭉치의 새로운 삽화를 구했기 때문이지. 복제화 몇 점을 더해서 곧 부치도록 하겠네.

우선 도미에의 아름다운 작품 석 점과 자크의 작품 하나를 보내겠네. 이미 같은 것을 가지고 있다면 내게 되돌려주게. 도미에의 〈술꾼의 네 시기〉는 그의 걸작 가운데 하나라고 생각하네. 드 그루의 작품처럼 도미에의 작품에는 영혼이 깃들어 있네. 자네에게 이 복제화를 보낼 수 있어 기쁘군. 도미에의 작품은 흔치 않다네.

전에 프란스 할스의 멋진 데생들을 본 적이 있는데, 새로운 삽화 뭉치에서 다시 발견했네. 프란스 할스와 렘브란트의 모든 작품을 반드시 봐야 하네! 모린의 걸작들과 도레의 오래된 작품들, 그리고 점점 더 진귀해지는 복제화들도 첨부하네.

도레와 모린의 '명성'에 대한 험구는 자네도 이미 들었을 걸세. 그렇더라도 변함없이 이 화가들의 그림을 좋아하리라 믿네. 물론 마음의 준비가 안 되어 있다면, 그러한 험구가 자네에게 영향을 미칠 수도 있겠지. 그래서 더럽혀진 이 목판화들에서 자

1882

감옥 마당
1890년, 캔버스에 유채, 80×64cm.

네가 가바르니, 발자크, 위고 시대의 향기나, 요즘은 거의 잊힌 보헤미안풍의 어떤 것을 발견하리라고는 장담할 수 없네. 이를테면 내게 경외감을 갖게 하고, 볼 때마다 작업에 몰두해 최선을 다하도록 자극하는 무언가를 말일세.

도레와 밀레의 데생의 차이는 나 역시 잘 알고 있네. 하지만 그들은 서로를 배제하지 않는다네. 차이가 있다면 공통점도 있는 법이지.

오늘날 데생을 높이 평가하지 않는 경향이 너무나 보편화되어 있다는 것은 실로 유감스러운 일이네. 자네는 브뤼셀에서 분명 리넌의 데생들을 봤을 테지. 그 얼마나 영적이고 재미있으며 완성도 높은 작품들이던가! 그러나 만약 누군가에게 똑같이 이야기한다면, 그는 경멸하는 말투로 소리 높여 이렇게 대꾸할 걸세. "그래, 그럭저럭 잘된 작품들이지."

비록 리넌이 매우 정력적이고 생산적으로 작업한다 해도, 또는 그 이상이라고 해도 그는 늘 청렴한 화가로 남아 있을 게 분명하네.

나 역시 마찬가지일세. 보다 활동적이고 점점 더 생산성을 갖추게 된다 해도 일상의 빵 한 조각만 얻을 수 있다면 평생 가난한 자로 남는 것이 그리 불행한 일은 아니라고 생각하네.

목판화가 자네 마음에 들기를, 그리고 곧 소식 주기를 바라네. 안녕히.

날짜 미상

1882

▶ 크로키 몇 점을 동봉한다. 요즘 사제들과 고아들을 대상으로 수채화 작업에 몰두하고 있다. 그다지 성공작이 아니라 팔기에는 부족할 듯하다. (테오에게 보내는 편지에서)

＊

어른 고아

라파르트에게

방금 자네의 편지 받았네. 고맙네. 목판화들이 기쁨을 주었다니 반갑군. 복제화들에 대한 자네의 평가 방식을 존중하네. 자네가 그만두라고 하지 않는 한, 앞으로도 종종 그것들을 보내겠네.

자네, 혹시 《삽화》와 《그래픽》 잡지를 정기적으로 받아 보고 있나? 올해 발간된 것들 말일세. 요즘 열람실에서 나온 잡지 몇 권을 팔려는 사람과 협상 중인데, 간단히 말해 내가 그 잡지들을 살 생각이네. 하지만 올해 발간된 몇 권은 이미 가지고 있어서 결국 같은 것을 두 개씩 갖게 될 것 같네. 그래서 아까 이야기한 잡지들이 자네에게 있다면 그것들은 수집가에게 기증할 생각이네.

내게는 르누아르의 크고 작은 복제품들이 있는데, 최근에 그의 〈증권거래소와 장베타의 담론〉을 더 발견했네. 또 다른 복제

나체 소녀, 좌상
1886년, 캔버스에 유채, 27.1×23.5cm.

품인 〈고아원 아이들〉도 찾아냈지. 랑송의 몇몇 작품은 자네에게도 확실히 커다란 기쁨을 주리라 믿네. 내가 아는 한 그는 충분히 거장이라 불릴 만하네.

캐톤 우드월 역시 매우 뛰어난 화가지. 작품을 통해 알면 알수록 그가 더욱더 좋아진다네.

몽바르를 알고 있나? 참, 자네한테는 그의 풍경화들이 있지. 최근 그가 아일랜드와 저지에서 작업한 크로키 몇 점을 구했는데, 실로 풍부한 감성이 느껴지더군.

1882

자네 그림들이 아르티에서 성공을 거두길 진심으로 기원하네. 전람회를 보러 갈 수는 없을 것 같네. 요즘 '어른 고아'를 데생하느라 무척 바쁘다네. 어른 고아는 이곳에서 양로원에 있는 사람들을 흔히 부르는 말이지. 자네, '남자 고아', '여자 고아'라는 표현들이 기가 막히다고 생각하지 않나? 거리의 사람들을 데생하는 작업은 썩 쉽지가 않네.

수채화에 대해 말하자면, 직업을 소재로 한 몇몇 작품을 완성하긴 했지만 그리 흡족할 정도는 아니네.

여기 '어른 고아'에 관한 한 편의 서투른 그림이 있네. 안녕히! 황급히 편지를 썼네. 아까 말한 잡지들을 가지고 있는지 되도록 빨리 대답해주게. 악수를 청하며.

날짜 미상

＊
미술품 수집

라파르트에게

목판화를 수집하면서부터 작품의 서명을 알아보지 못해 아쉬운 경우가 종종 있었네. 영국 작가들이 쓰는 이름의 머리글자를 전혀 모르는 탓이지.

《하퍼스 위클리》에 하워드 필, 하퍼 로저, 애비 알렉산더의 아름다운 작품들이 소개되었더군. 캐톤 우드윌, 오버렌드 내쉬 도드 그레고리 왓슨 스템랜드 스미스 헤네시 엠슬리〔고흐는 모든 이름을 구두점 없이 이어 쓰고 있다〕는 자네도 알지? 《그래픽》과 《일러스트레이티드 런던 뉴스》에서 그들의 훌륭한 데생을 볼 수 있네.

혹시 《스크리브너스 매거진》과 《하퍼스 먼슬리》 같은 영국 잡지들을 알고 있나? 항상 뛰어난 작품들을 많이 소개하고 있지. 현재로선 값이 비싼 데다 헌것도 전혀 구할 수가 없어서 나도 몇 권밖에는 못 갖고 있네.

이번 기회에 자네 수집품에 대해 좀 더 자세히 알고 싶네. 그와 관련된 모든 문제들이 항상 관심을 끌 뿐 아니라, 내게 없는 복제품들이 자네에게는 틀림없이 있을 것 같다는 생각이 들기도 하기 때문이네. 멘첼이 그린 〈셰익스피어 초상화〉도 조만간 볼 수 있으면 좋겠군.

참, 수채화 작업은 잘 진척되고 있나? 나도 2~3주 전부터 그 작업에 몰두하고 있네. 전형적인 대중의 모습도 데생 중이고.

사람들은 그들이 유행에 뒤처졌다고 말하지만, 나는 풍경화가들 가운데 버킷 포스터와 리드를 무척 좋아하네. 리드의 작품에서는 무엇보다 너무나도 고운 가을의 정취와 달빛, 그리고 눈雪의 느낌을 볼 만하지.

영국의 풍경화가들은 스타일이 매우 다양하네. 에드윈이나 에드워즈는 포스터와 아주 다르지만, 그 두 사람에게도 나름대

1882

로의 '존재 이유'가 있지. 와일라이와 다수의 다른 작가들은 색채에 능한 화가들이라고 할 수 있네.

좀 더 자세히 말하자면, 그들은 색조에 보다 많은 신경을 쓰고 있지. 《스크리브너스 매거진》과 특히 《하퍼스 먼슬리》에는 월리 풍의 매우 아름다운 작품들이 소개되어 있네. 〈작은 선박들〉〈눈의 정취〉〈정원〉〈거리의 한 모퉁이〉 같은 작품들이지.

벨기에에서는 특히 펠리시앙 롭스와 드 그루가 예전에 《오일렌슈피겔》이라는 출판물에 아름다운 데생을 그렸었지. 전에 갖고 있던 책들을 다시 찾아봤는데, 불행히도 헛수고에 그쳤네. 이스라엘스의 작품만큼이나 아름다운 데생들이 있었는데…. 특히 드 그루의 작품이 그랬지.

이만 다시 작업에 임해야겠네. 답장 빨리 보내주길…. 신의를 다하여.

날짜 미상

✹

인간들 속에 있을 때 나는 늘 덜 인간적이다

라파르트에게

답장 받았네. 고맙네. 이따금 자네의 작품이 얼마나 보고 싶은지!

간혹 친구들 중 누군가가 내가 일하는 아틀리에를 한 번쯤 돌아봐주기를 바란 적은 있지만, 작품들을 전시하고 싶은 마음은 추호도 없네. 사실 친구들이 찾아오는 일조차도 매우 드물긴 하지. 그렇다 하더라도 대중에게 결코 내 작품들을 보러 와달라고 부탁하고 싶지는 않네. 앞으로도 물론.

작품에 대한 사람들의 평가를 완전히 무시할 수는 없겠지. 그러나 작업은 역시 소리 없이 이루어져야 하네. 세상에서 가장 부럽지 않은 것, 그건 바로 대중적인 인기라고 생각하네.

모든 사람에게 진정으로 따뜻한 연민과 애정을 가져야만 하네. 그러지 않으면 자네의 데생들은 항상 차갑고 무기력함을 면치 못할 걸세. 늘 자신을 감시하고 환멸을 멀리하도록 주의해야 하네. 그뿐 아니라 화가들 사이에서 조성되는 일종의 간계에 휩쓸리는 일은 그다지 이로워 보이지 않네. 그들의 간계에는 엄격하게 방어 자세를 취해야만 하네.

사람들 중에는 예술가 무리와 자주 접촉함으로써 활기를 얻을 수 있다고 생각하는 부류도 있네. 그러나 토마스 켐피스가 어디선가 이런 말을 했을 걸세. "인간들 속에 있을 때 나는 늘 내가 덜 인간적이라고 느낀다."

나 역시 예술가들과 섞여 있을 때 무력한, 무엇보다도 예술가로서 무력한 자신을 느끼게 된다고 생각하네. 반대로 한 사람의 능력을 넘어서는 작업을 목적으로 모든 역량을 모으는 것은 훌륭한 일이지. 물론 생선의 꼬리처럼 하찮거나 아무런 변화도

1882

두 사람이 있는 덤불

1890년, 캔버스에 유채, 49.5×99.7cm.

만들어내지 못한 채 끝나는 경우가 대부분이긴 하지만.

앞서 말한 대로 자네 작품을 보고 싶은 마음을 억누를 수 없을 때가 종종 있네. 마찬가지로 자네가 내 작품들을 보러 와주기를 또한 고대하고 있네. 그 이유는 첫째, 자네에게서 무언가 유용한 이야기가 나오리라 믿기 때문이고, 둘째, 점차 전체를 이루어가기 시작하는 산재한 내 그림들을 이제 한눈에 볼 수 있기 때문이네. 함께 이야기하면서 우리는 무언가를 이끌어낼 수단들을 찾아볼 수도 있을 걸세.

얼마간의 고통 끝에 드디어 보리나주의 광산에서 일하는 여인들이 어떻게 그들의 가방을 짊어지는지 알아냈네. 자네, 예전

두 사람이 있는 시골길
1885년, 판지에 유채, 32×39cm.

에 내가 그녀들 중 몇몇을 그렸다는 사실을 기억하나? 그때의 데생들은 진정으로 좋은 작품은 아니었지. 같은 주제로 열두 작품을 새로 완성했네. 가방을 짊어진 여인에게 포즈를 취해달라고 여러 차례 부탁했지만 성공하지는 못했네.

엠슬리의 〈물의 팽창〉이라는 매우 아름다운 복제품 하나를 발견했네. 한 아낙네와 어린아이 둘이 홍수로 거의 잠긴 초원에 서 있네. 물이 흥건한 들판엔 꼭대기가 잘린 버드나무도 보이는군.

단언하건대, 작업에 대한 용기를 잃을 때마다 내가 다시 몰두할 수 있는 힘을 길어내는 원천은 바로 목판화 수집품들이네.

1882

그 모든 예술가들의 열정과 의지, 자유롭고 맑고 생동감 넘치는 그들의 정신이 내게 전해지기 때문이지. 비록 누추하고 가난한 사람들을 데생했다 할지라도 그들의 작품은 위대함과 장중함의 흔적을 품고 있네. 대부분의 삽화 작가들이 보여주는 엄청난 창작력을 생각할 때, 그들이 지닌 예술에 대한 열정이 믿을 수 없을 만큼 크다는 사실을 인정할 수밖에 없네.

해리 퍼니스의 〈한여름 밤의 꿈〉을 알고 있나? 남자들 몇몇, 한 명의 노파, 방랑아, 그리고 취객이 마로니에 나무 아래 놓인 벤치에서 여름밤을 보내는 모습을 담은 그림이네. 한마디로 도미에의 대표작에 버금가는 아름다운 작품이지.

안데르센의 동화들은 어떤가? 매우 아름답다고 생각하지 않나? 그도 어쩌면 삽화들을 그렸을지도 모를 일이네.

날짜 미상

✴

유행과 상관없는 나의 길

라파르트에게

디킨스는 《처즐위트》 등에서 미국인들을 비판했지. 하지만 그는 얼마 뒤 사람들이 자신의 이야기에서 미국에는 훌륭함이란 아예 존재하지 않는다는 그릇된 결론을 끌어냈다는 사실을 알았네. 때문에 《처즐위트》 후속판 서문에서 그는 미국에 대한 또 다른 인상을 자신의 두 번째 미국 방문 소감과 함께 쓰고 있지.

포스터의 《디킨스의 삶》을 읽어보게. 그 책은 내가 자네에게 이해시키고 싶은 점을 말로 전하는 것보다 더 분명히 알게 해줄 걸세. 오래된 격언대로 '보리를 독보리와 함께 뽑아버리지 않도록' 조심해야 하네.

'플리징 세일러블〔Pleasing Saleable, 쉽게 팔 수 있음을 의미하는 말〕'은 꽤 두려운 표현이네. 나는 잘 팔리는 작품을 좋아하지 않는 화상을 지금껏 단 한 번도 만나보지 못했네. 그것은 마치 전염병과도 같아서 예술에서 그보다 더 두려운 적이 없지.

비록 큰 미술관의 지배인들이 예술가들을 보호함으로써 좋은 평판을 얻고 있기는 하지만, 그들도 화가들을 제대로 보호하지는 않는다네. 현실적으로 대중이 직접 접촉하는 사람은 예술가들이 아닌 화상이나 지배인들이네. 따라서 예술가는 그들에게 도움을 받기 위해서라도 아무 소리 못 하고 비굴해지는 거지. 실제로 화상이나 지배인들에 대한 억눌린 불평을 가슴 속에 품고 있지 않은 예술가는 단 한 사람도 없을 걸세. 그들은 대중의 나쁜 기호를 만족시키기에만 급급할 뿐이지. 어쨌든 우리로선 진실하고 정직한 자세를 잃지 않는 가운데 꾸준히 작업하는 것만이 최선이라고 생각하네.

1882

116

오베르쉬르우아즈 성당

1890년, 캔버스에 유채, 93×74.5cm.

최근의 픽투라〔도르드레흐트에 있는 화가들의 모임〕 전시회에서 가장 충격적인 사실이 뭔지 아나? 이스라엘스, 마리, 마우베, 뉴이스, 바이센브루흐 같은 화가들은 자기 자리를 충실히 지킨 반면, 그들의 제자들에게선 어떠한 진보도 느낄 수 없고, 일종의 퇴폐적인 경향만을 발견한다는 점이네.

세월이 더 흐른 뒤 자네와 나, 우리 두 사람은 지금보다 훨씬 아름다운 작품들을 그려내리라 확신하네. 그렇다고 현재의 작품이 나쁘다는 이야기는 물론 아니네.

스스로에게 늘 엄격한 가운데 예술적인 강한 힘을 표현해야만 하네. 가정집, 거리, 병원 등에서 받은 감명을 화폭 위에 재현하려 시도하는 우리의 작품보다 다른 유파를 더 좋아하는 사람들이 많을 수도 있겠지. 하지만 그들의 말 때문에 의기소침해 하거나 실망할 이유는 추호도 없네.

드 그루가 감당해야 했던 비난과 적의를 안다면 자네는 아마 아연실색할 걸세. 우리는 환상을 품어서는 안 되네. 대신 몰이해와 무시와 멸시를 감수할 마음의 준비를 해야만 하네. 그리고 이 모든 어려움에도 불구하고 예술적인 힘과 열정을 꿋꿋이 간직해야 하네.

나는 유행이나 유파에 개의치 않고 고집스럽게 내 길을 걸어갈 걸세. 악수를 청하며.

1882년 11월 1일

1882

✳

석판화 작업

라파르트에게

인쇄소에 들렀다가 우체부를 만난 참에 자네 편지를 건네받았네. 자네의 제안을 진심으로 고맙게 생각하네. 조만간 그 문제에 대해 같이 의논해보도록 하세.

요즘 네 번째 석판화를 작업 중이네. 자네가 아직 보지 못한 작품 석 점을 이 편지와 동봉하겠네. 그중 〈삽질하는 사람〉과 〈카페의 술꾼〉은 한 번 더 수정할 생각이네. 〈카페의 술꾼〉은 데생 작업을 하는 편이 더 나을 것 같기도 하네. 석판화 작업을 하려고 거기 필요한 잉크를 썼는데, 종이 위에 인쇄를 잘못하는 바람에 데생이 생명력을 잃어버렸네. 어쨌든 돌 위에 직접 작업하는 기존 방식과 종이 위에 데생을 옮기는 새 방식을 접목하려고 나름대로 시도 중이네.

자네 〈피로에 지쳐〉 데생 시리즈 기억하나? 최근에 서로 다른 두 모델을 대상으로 세 차례나 그것을 다시 작업했네. 하지만 아직 더 작업해야 할 것 같네.

내 다섯 번째 석판화 작업의 모델을 발견했네. 늙은 노동자인데, 팔꿈치를 무릎에 대고 손에 머리를 푹 박은 채 생각에 잠긴 모습이라네.

피로에 지쳐

1882년, 종이에 연필, 50.4×31.6cm.

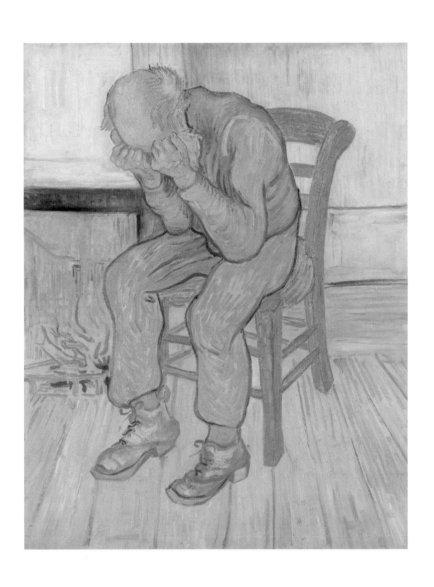

슬픔에 잠긴 노인 (영원의 문에서)
1890년, 캔버스에 유채, 81.8×65.5cm.

내가 왜 석판화 작업에 관해 미주알고주알 자네에게 이야기하는지 아나? 거기에 큰 희망을 품고 있음을 알리기 위해서네. 그 작업을 서두르는 이유 역시 그것이 내게 특별한 중요성을 갖고 있기 때문이지.

만약 좋은 돌 몇 개를 손에 넣어 작업하게 된다면, 그중 한두 개의 작업은 실패할 수도 있겠지만, 나는 심지어 영국에까지 작품을 보내볼 생각이네. 말장난이나 하면서 무위도식하기보다는 작품을 만들고 석판화 교정판을 보내는 편이 기회를 얻을 확률면에서도 분명 더 이로울 걸세. 데생을 보내는 일은 아무래도 좀 꺼림칙하지. 분실될 수도 있으니까. 새 기법은 돌을 직접 보내지 않아도 꽤 멀리 있는 석판화 인쇄소에서 작업을 할 수 있다네. 그래서 그날로 새로운 종류의 잉크와 분필을 구했네.

지금 내 주소는 스헨크베흐 136번지일세. 동봉하는 석판화 교정판에 대한 자네의 의견을 듣고 싶네. 고칠 여지가 있다면 미흡한 점들은 기꺼이 고치겠네. 새로운 〈피로에 지쳐〉 시리즈가 자네 마음에 들리라 믿네. 내일 당장 돌 위에 작업을 시작하고 싶군.

편지지가 다 채워진 것 같군. 시종 내 작업 이야기만 늘어놓은 꼴이 됐지만, 자네 건강이 이만저만 염려스러운 게 아니네. 몸이 썩 좋지 않다고 하지 않았나. 올여름 나도 독감에 걸려 고열에 시달렸지. 자네는 그러지 않았으면 좋겠군. 어쨌든 하루빨리 낫기를 진심으로 기원하겠네. 악수를 청하며.

날짜 미상

1882

I22

▸ 팔꿈치를 무릎에 받친 채 손으로 머리를 감싸고 앉은 노인을 모델로 데생 두 점을 그렸다. 아마 석판화 작업도 가능하리라 본다. 능직포 양복 차림의 늙은 대머리 노동자는 정말 멋지구나! (테오에게 보내는 편지에서, 1882년 11월 20일 이후)

✳

예술가적 양심

라파르트에게

보내준 편지와 우편환 진심으로 고맙네. 이미 말했듯이 석판화 비용을 지불할 돈이 든 편지가 도중에 증발해버렸고, 수사를 시작했지만 되찾을 희망은 거의 없네.

내 석판화에 대한 자네의 지적은 매우 일관성 있다고 생각하네. 이제는 내 눈에도 미흡한 점들이 보이기 시작하는군.

그건 그렇고 하고 싶은 말이 있네. 자네가 다른 작업을 했으면 한다는 걸세. 자네는 위험한 길로 들어섰네. 사람들은 대체로 시작해야 할 때는 잘 알지. 하지만 언제 멈추어야 하는지에 대해서는 모르는 경우가 많네. 지금 누드화가 아니라 장식용 대작을 그리는 문제에 대해 이야기하는 중일세.

몽마르트르 언덕

1886년, 캔버스에 유채, 38.1×61.1cm.

프로방스의 밀 건초 더미

1888년, 캔버스에 유채, 73.5×93cm.

내 말의 요지는 장식용 작품들을 하면 할수록, 비록 그 작업이 매우 매력적이고 큰 성공을 안겨준다 할지라도 자네는 결국 예술가적 양심과는 점점 더 멀어지리라는 것이네. 반대로 진지한 작업, 예컨대 〈장님들을 위한 구호소〉〈창유리 장식가〉〈뜨개질하는 여인〉 같은 작업에 몰입하면 할수록 자네는 그러한 작업 역시 큰 의미가 있음을 더욱더 실감하게 될 걸세. 비록 즉각적인 성공을 보장받을 수는 없다 하더라도 말이지.

자네에게 목판화나 비슷한 종류의 무언가를 사 주려고 주머니에 1.50플로린을 남겨두었네. 대신에 자네가 보낸 우편환의 남은 금액은 돌려보내지 않을 생각이네.

우편환은 아주 잘 썼네. 덕분에 돈이 든 편지를 잃어버린 끔찍한 사고를 만회할 수 있었네. 빨리 송금해준 점 다시 한번 진심으로 감사하네.

내가 장식용 작품에 대해, 그리고 어쩌면 자네의 동의를 얻지 못할 대목들에 대해 곧이곧대로 이야기한 것은 자네의 열망과 작품의 가치 또는 중요성을 인정하고 있기 때문이라는 점 믿어주길 바라네.

악수를 청하며, 신의를 다하여.

날짜 미상

고독은 용기를 잃게 하는 게 아니라,
자신을 위해 필요한 활동을
창조하게 만드는 힘을 준다.

Vincent

CHAPTER 3

사랑, 연민 그리고
평온한 광기

1883

불우한 여인, 불우한 시대

라파르트에게

보내준 편지와 자네의 판화 목록 잘 받았네. 판화 가운데 몇몇, 그중에서도 특히 드 그루와 랑송의 작품들이 무척 보고 싶군.

건강이 회복됐다니 무척 다행이네. 석판화 작업을 주제로 편지를 주고받다가 자네가 아픈 바람에 중단하고 말았지. 아무튼 그 뒤로 나는 작업을 잘 진행해나갔네. 돌 위에 직접 작업하는 대신 석판화 분필을 썼지. 분필이란 거 참 기막히게 훌륭한 도구더군.

장담하건대 《그래픽》은 놀라울 정도로 흥미진진하네. 10년 전 런던에 머물면서 《그래픽》과 《일러스트레이티드 런던 뉴스》 인쇄소의 진열대를 바라보려고 매주 그곳에 찾아가곤 했지. 현장에서 받은 인상이 너무도 강렬해 당시에 보았던 데생들에 대한 정확하고도 분명한 기억을 지금까지 간직하고 있네. 비록 그 시절 이후 모든 것이 머릿속에서만 진행됐지만 말일세. 때때로 그 무엇도 지나간 먼 옛날과 현재를 단절시키지는 않는다는 인상을 받곤 하네. 어쨌든 그때의 데생들이 내게 불어넣어준 열정은 오늘날까지도 여전하네. 언젠가 그것들을 보게 된다면 자네도 큰 흥미를 느끼리라 믿네.

블랙 앤드 화이트 기법에 대해 자네가 대부분의 네덜란드 사

스헤베닝언의 여인
1882년, 흰색 구아슈로 강조된 수채, 31.8×54cm.

람들과는 다르게 생각한다는 걸 대충은 짐작하고 있네. 비록 자네 그림에 그 기법을 사용할 의도가 있는지 없는지는 잘 모르지만, 최소한 자네는 그에 대해 편견을 품고 있지는 않을 것 같네.

대개의 경우, 블랙 앤드 화이트 기법은 상대적으로 단시간 내에 종이 위에 채색의 효과가 나타나게 하지. 그 효과가 다른 기법에 의해 표현되면 흔히들 말하는 '자연스러움'의 대부분을 잃고 만다네.

헤르코머의 〈층 낮은 집, 생 질〉이나 필즈의 〈노숙자 보호소〉를 블랙 앤드 화이트 기법으로 그리지 않았다면 그처럼 인상적이고 감동적이지는 않았으리라 생각하네.

1 8 8 3

130

블랙 앤드 화이트 기법에는 마음을 사로잡는 굳건하고 맹렬한 무언가가 있네. 그 기법의 대가는 자네도 나도 잘 모르지만 말일세.

레르미트 전시회에 관한 몇몇 보고서에는 어부들의 삶을 전문적으로 그린다는 프랑스 화가의 이야기가 나와 있네. 사람들은 끊임없이 그의 이름을 들먹이며 블랙 앤드 화이트 기법의 밀레나 쥘 브르통이라고 말하더군.

나는 그의 작품을 꼭 한번 보고 싶네. 최근에는 테오에게 이 화가와 관련해 편지를 보냈지. 그간에도 동생은 여러 차례 매우 좋은 정보를 전해주곤 했네. 특히 도미에의 그림들에 대해서 많은 정보를 주었지.

바구니 위에 앉아 빵을 자르는 사내를 표현한 석판화는 실패했네. 데생을 돌 위에 옮기면서 윗부분을 완전히 망쳐버렸지. 하지만 끌칼을 써서 망친 부분을 대강 수선하긴 했네. 어쨌든 자네는 이 새로운 기법이 바구니나 바지, 그리고 진흙 범벅이 된 장화 같은 소재의 질감을 살려주면서 아주 훌륭한 작업을 가능케 한다는 사실을 알게 될 걸세.

이미 편지로 썼는지는 잘 모르겠지만, 자네에게 한 가지 할 이야기가 있네. 작년 여름 자네가 방문했을 때, 내 모델이라고 소개한 여자를 혹시 기억하나? 그때 나는 자네에게 우리가 처음 만났을 당시 내가 어떻게 그녀의 임신 사실을 알아차렸는지 말했었지. 바로 그 때문에 그녀를 경제적으로 도와주려 애쓰는 중이라고도.

그러고 나서 얼마 뒤 나는 병에 걸리고 말았네. 당시 그녀는 레이던의 한 병원에 입원한 상태였는데, 치료받던 병원에서 나는 그녀로부터 한 통의 편지를 받았지. 그녀는 심각한 근심거리가 있다고 고백하더군. 그 전 겨울부터 그녀는 커다란 어려움에 처해 있었네. 나는 그녀를 위해서 할 수 있는 모든 것을 했지. 그러고도 또 무엇을 할 수 있을지 고민에 고민을 거듭해야 했네. 내가 과연 그녀를 경제적으로 도울 수 있을까? 내가 그녀를 돕는 게 옳은 일일까?

나 또한 병들고, 미래는 너무도 불투명했네. 하지만 나는 병상을 떠났지. 좀 더 정확히 말하면, 의사의 권유를 뿌리치고 그녀를 보러 나섰네.

7월 1일, 나는 레이던의 병원에 도착했네. 그리고 밤사이 그녀는 사내아이 하나를 세상에 내놓았지. 갓 태어난 아이는 엄마 옆 요람에서 작은 코를 이불 밖으로 내놓은 채 쌕쌕 잠이 들어 있더군. 세상이 어떻게 돌아가는지 제 알 바 아니라는 듯.

그러나 나처럼 병들고 가난에 지친 화가도 아기가 모르는 많은 것을 알고 있다네. 무엇을 해야 할 것인가? 나는 깊은 생각에 잠겼네. 그 가난한 여인의 해산은 난산이었네. 인생에서 아무것도 하지 않은 채 다만 "그것이 나와 상관 있는가?"라고 말할 뿐이라면, 그때마다 죄가 되지 않는 순간이 있을까?

결국 나는 그녀에게 말했네. "몸이 좀 나아지면 찾아오시오.

1883

132

여인의 두상 (고르디나 데 그루트)

1885년, 캔버스에 유채, 42.7×33.5cm.

여인의 두상

1885년, 캔버스에 유채, 42×33.3cm.

농장 근처의 건초 더미

1888년, 종이에 연필, 구아슈, 수채, 펜과 붓과 검은색 잉크, 48.5×60.4cm.

할 수 있는 일이 있다면 하겠소."

그런데 이 여인에게는 함께 버림받은 병약하고 가여운 아이가 하나 더 있었네. 보잘것없는 내 경제적 능력으로는 그들을 돕겠다고 마음먹는 것 자체가 턱없는 생각이었지. 하지만 달리 무슨 수가 있었겠나? 어떠한 상황에서든 쉽사리 포기부터 하고 만다면 인생은 살아갈 가치가 없네.

머지않아 그녀는 다시 나를 찾아왔더군. 나는 그들 세 식구와 내가 살 집을 새로 구했네. 당시엔 집이 아직 다 지어지지 않은 상태라 싼값에 얻을 수 있었지. 지금까지 나는 그곳에 살고

1 8 8 3

있는데, 예전의 138호 아틀리에보다 더 낮은 두 개의 문이 있는 집이라네. 물론 그녀와 아이들 모두 변함없이 함께 지내고 있지. 한 가지 달라진 게 있다면 병원의 요람 속에서 잠을 자던 아이가 그때보다는 좀 덜 잔다는 것 정도랄까?

아기는 어느새 일고여덟달 난 매우 건강하고 온순한 꼬맹이로 자랐다네. 나는 녀석을 위해 고물상에서 직접 요람을 골라 어깨에 짊어지고 오기도 했지. 너무도 암담했던 지난 겨우내 그 꼬맹이는 내게 집 안의 빛과 같은 존재였네. 아이 엄마는 강한 여자는 아니지만 상점의 물건을 배달하는 힘든 일도 마다하지 않고 해냈네. 그녀는 다시 기력을 되찾았지. 나는 예술과 삶을 동시에 깊이 있게 하고자 노력했네. 그 둘은 서로 짝을 이루어갔지.

이제 더 이상은 나와 상관없는 옛 친구들과 여러 차례 난처한 일도 있었네. 하지만 그 때문에 심하게 당황하지는 않았지. 그나마 가장 소중한 친구인 동생 테오와는 다행히도 별일이 없었네. 그와 나는 형제이기에 앞서 친구이고, 그 역시 불행에 처한 많은 사람을 도와왔지. 물론 지금도 돕고 있고.

아이와 아이 엄마를 도운 일은 몇몇 친구를 잃게 했고, 동시에 내 집에 빛을 선사했네. 솔직히 근심으로 마음이 몹시 버거워질 때면 거친 날씨에 배 가장자리에 매달린 듯한 느낌이 들기도 하지. 하지만 보다 중요한 것은 이제 내 집은 한층 더 따뜻한 '가정'을 닮아가고 있다는 점이네. 바다란 많은 위험을 품고 있다는 사실을 모르지는 않네. 사람들을 죽음으로 몰고 갈 수도 있지. 그렇다 해도 나는 여전히 바다를 사랑하고, 미래의 모든 위험 앞에서 차분함을 지켜가고 있네.

하지만 친구와 지인들이 더 이상 내 집을 방문하지 않는 이유가 바로 그 가난한 여인 때문이라고는 생각하지 말게. 그것도 여러 이유 가운데 하나이긴 하지만, 좀 더 근본적인 이유는 다름 아닌 내 그림 그리는 방식에 있네. 생각할수록 화가들의 상업성이 몹시 실망스러울 뿐이네. 과연 나중에는 그러한 경향이 좀 나아질는지….

이곳의 한 화가가 정신병원으로 보내졌네. 벅스라는 풍경화가지. 사람들이 병원에 가두기 전까지 그는 간병인조차 구하기 어려운 상황이었네. 비록 병환 중엔 마우베가 보살펴주곤 했지만. 하지만 지금은 모든 사람이 그에 대해 호의와 호평을 보내고 있다네. 일례로 전에 그가 청한 몇 차례의 도움과 그의 습작품들을 거부했던 어떤 이는 나중에 다시 그의 그림을 두고 이렇게 말했다네. "디아스의 그림보다 더 아름답다." 하지만 내 생각에 그건 좀 과장된 표현 같네.

어쨌든 1년 전 그 불쌍한 친구는 내게 이런 고백을 한 적이 있지. 예전에 영국에서 메달을 하나 받았는데, 그것을 마치 오래된 은 팔듯이 팔아야 했노라고. 그뿐 아니네. 가끔 함께 그림을 그리러 다녔던 화가 브라이트너는 나와 거의 동시에 병원에 입원한 적도 있는데, 생계를 위해 초등학교 선생을 해야 했다네. 내가 알기로 그는 교직에 거의 취미가 없었는데도 말일세.

1 8 8 3

지금이 과연 화가들에게 호의적인 시대인가?

　물론 화가들에게도 문제는 많네. 마을에 도착한 직후 나는 방문할 수 있는 모든 아틀리에를 자주 찾아다녔네. 사람들과 관계를 만들어나가고 친구를 사귀기 위해서였지. 그러나 지금은 열정이 많이 식었네.

　유감스러운 점은 화가들이 처음에는 동료를 환대하는 듯 보이지만, 결국은 친구를 밀어내고 대신 그 자리를 차지하려 한다는 것이네. 비극이지. 우리는 서로 돕고 신의를 쌓아가야 하네. 이미 사회 전반에 증오가 충분히 쌓여 있네. 서로에게 피해를 입히지 않음으로써 우리는 더욱 온전할 수 있을 걸세.

　많은 사람이 타인을 질투하고 비방하는 분위기가 조장되고 있네. 결과적으로 서로 협조해 힘을 모을 '화가 조합' 같은 귀중한 전체를 이루는 대신 각자의 세계에 갇혀 혼자 작업하게 되는 거지. 서로를 비방하는 분위기를 조장하는 이들은 바로 그 질투의 힘을 이용해 타인의 주위를 사막처럼 적막하게 만드네. 하지만 그럼으로써 그들 자신 역시 비참해지지 않으리라는 법은 없네.

　작품을 통한 투쟁은 어떤 의미에서 매우 강력할 뿐 아니라 어쨌든 합법적이네. 하지만 그 외에 개인 대 개인으로서 서로 적이 되거나 투쟁을 위해 다른 수단을 사용하는 일은 결코 있어서는 안 되네.

　그 무엇도 자네 마음을 사로잡는 것이 없다면 문제의 《그래픽》을 보러 오게나. 멋진 작품들이 많다네. 그 참에 우리가 수

집할 수 있는 복제품에 대해 의논해보는 것도 좋겠군. 참으로 다양한 작품들, 예컨대 무엇보다도 아름다운 헤르코머의 〈죽은 거장〉과 〈할머니들을 위한 양로원〉, 프랭크 홀의 〈이민자들〉과 〈기숙학교〉, 스몰의 〈크락스톤 프린팅〉, 그리고 프레드 워커의 〈낡은 문〉도 있다네. 두말할 필요도 없이, 이들 가운데 많은 작품이 목판화 수집품의 걸작이 될 수 있을 걸세.

올겨울 숱한 습작을 그렸고, 그만큼 자네의 방문을 고대하고 있네. 내 작품들을 두고 자네와 이야기를 나누고 싶네.

습작품의 다양한 주제들에 대해 자네에게 미리 편지했어야 했는데, 자네와 마찬가지로 나 역시 한동안 스스로가 매우 낯설게 느껴진 데다 사람들에게서 받은 불쾌함으로 조금은 침울했었네. 지금 자네에게 편지를 쓰는 것은 내가 자네를 편협한 사람으로 보지 않듯, 자네 또한 내가 하는 일에 대해 이해하기 어렵다고 여기지는 않으리라 기대하기 때문이네. 그리고 무엇보다도 자네에게 목판화를 보러 오지 말라고 하거나, 지난번 자네가 다녀간 뒤 많은 것이 변했음을 알리지 않는다면, 더군다나 그 모든 변화 이후 사람들이 나를 피하고 내 집에 발도 들여놓기 꺼린다는 사실을 말하지 않는다면 나 스스로 솔직하지 못하다는 생각이 들었기 때문이네.

새 아틀리에는 예전 곳보다 훨씬 넓고 좋다네. 그러나 사실대로 말하자면, 집주인이 세를 올리거나 돈 있는 다른 세입자를

올리브 따는 여인들
1889년, 캔버스에 유채, 72.7×91.4cm.

찾지 않을까 늘 두렵다네.

　이전 여인들을 통해 많은 환멸을 배웠지. 하지만 앞서 말한 그 여인에게는 마음을 뒤흔드는 무언가가 있네. 그녀는 철저히 혼자였고 처절히 버림받았기에 주저 없이 나는 그녀를 도왔네. 내 행동이 잘못됐다고는 단 한 번도 생각해본 적이 없네. 그것은 지금도 마찬가지일세. 나는 여전히 어머니이자 버려진 여인을 그대로 모른 체할 수는 없다고 생각하네….

날짜 미상

▸ 라파르트가 기력을 회복했다. 그가 신경고열이 있다고 말했었지? 다시 예전처럼 일하려면 아직 시간이 더 필요하겠지만, 가끔 산책을 나설 정도로 병세가 호전되었단다. (테오에게 보내는 편지에서, 1883년 2월 8일)

✱

사랑, 연민 그리고 평온한 광기

라파르트에게

아침에 자네 편지 받았네. 고맙네. 내가 말한 모든 사실에 대해 너그럽게 이해해주어서 한없이 기쁘네. 자네에게 기대했던 게 바로 그것이었네.

상황을 분명히 밝히기 위해 좀 더 자세한 이야기를 덧붙이고자 하네. 그렇더라도 내 행동이 정직하고 양심적이었다는 자네의 생각이 바뀌지 않으면 좋겠군.

지난번 편지에서 말한 여인을 만났을 때 그녀는 이미 한 발을 수렁에 빠트린 상태였네. 레이던의 의사에 따르면, 그녀의 정신과 신경 체계는 몹시 위태롭고 방향을 잃었다더군. 그녀를 구제할 유일한 길은 정상적인 가족의 삶을 누리게 하는 것이었는데, 그렇다 하더라도 완전히 정상을 되찾으려면 심지어 수년이 필요하다 했지.

이 마을에는 내가 말한 여인을 포함해 모두 네 명의 여성이 남자에게 버림받거나 농락당해 사생아를 키우고 있네. 그녀들의 상황은 도와줄 방도를 생각하기 힘들 만큼 너무나도 비참하지. 무엇보다 무서운 일은 그녀들에게 재기할 기회란 이론상으로는 존재할지 몰라도 현실적으로는 아예 없어 보인다는 점이네. 네 명 가운데 세 여인에 한해서는 말일세.

거듭 말하지만 나는 그 여인과의 관계를 결코 일시적인 것으로 생각하지 않네. 내가 말한 여인들에 대한 환멸은 지금은 이야기하고 싶지 않은 과거의 어떤 사건에 뿌리를 둔 것이네. 단, 이것만은 말해두지. 한 남자가 구겨진 사랑 끝에 느끼는 환멸은 너무나도 깊어서, 그 때문에 조금씩 절망과 비탄에 잠긴 그의 정신은 하얗게 달궈진 철처럼 격한 흥분 상태에 빠진다네. 그는 돌이킬 수 없을 만큼 완전한 절망을 마음속에 치명적인 상흔으로 담아두지. 하지만 겉으로는 무표정한 얼굴로 아무렇지도 않게 행동한다네. 이러한 상황에 놓인 사람이 어쩌면 구제할 수조차 없는 불행에 빠진 다른 사람을 만났을 때 자기도 모르게 특별한 연민을 느끼는 것이 그토록 이해할 수 없는 일인가?

그 연민 또는 사랑은 말하자면 우연에 의해 연결된 관계임에도 불구하고 견고하며, 계속해서 튼튼하게 유지될 수 있다네. '사랑'이 끝난다 해도 '자비'는 총총히 잠에서 깨어 메마른 사랑의 자리를 대신할 수 있지 않을까?

룰랭의 아이

1888년, 캔버스에 유채, 35×23.9cm.

첫 걸음 (밀레 모작)
1890년, 캔버스에 유채, 72.4×91.1cm.

이제 작업 이야기를 좀 해야겠군. 작업은 변화 없는 일상이지. 작업에 몰두하는 것은 깊이를 헤아릴 수 없는 심연을 응시하는 일보다 위험하지 않다네.

한 여인과 그녀의 아이를 내 집에 살게 함으로써 심지어는 심각한 구설수에 시달렸지만, 그들과의 만남은 내게 차분함과 평온함을 가져다주었네. 덕분에 올겨울 내내 '진정한 모델들'과 더불어 열심히 작업할 수 있었지.

지금은 일을 많이 하고 있지는 않네. 몇 달 동안 거의 쉴 틈 없이 작업하고 의지할 곳 없이 지낸 터라 내 안에서 일종의 나약함과 이겨내기 힘든 피로감이 자라는 걸 느꼈네. 특히 바라보는 일조차 고통스러울 만큼 눈이 아팠지. 최근에는 밖에 나가 많이 뛰고 많이 쉬어서인지 다시 정상으로 돌아왔네.

자네가 아직 보지 못한 습작품만 150여 점쯤 있네. 내게 있었던 변화가 작업에 소홀하도록 만들었다고는 생각하지 않겠지? 오히려 반대였다네. 나는 일종의 광기에 사로잡혀 작업에 임했지. 그 광기는, 이런 표현이 가능하다면, 평온한 광기였네. 지금은 한동안 잊고 지내던 문학에도 다시 관심을 갖기 시작했네.

내 생각이 맞는다면 자네는 어린아이와 아주 즐겁게 놀 수 있는 사람이네. 여자가 임신했을 때 그녀를 버리는 남자들은 자신들이 저지른 죄를 모를 걸세.

아이는 너무나 사랑스럽다네. '하늘에서 내려온 빛'이라고나

1 8 8 3

할까? 자네, 가바르니가 한 말을 기억하나? "감당할 수 없을 만큼 멍청하고 성질 고약한 피조물은 여성이며, 고귀하고 헌신적인 피조물은 어머니가 된 바로 그 여성이다." 가바르니의 말은 모든 젊은 여성들을 비난하려는 것이 아니라, 어머니가 되기 전 여성 안에 있던 허영심이 그녀가 자식을 위해 희생할 때 고귀한 무언가로 바뀌게 됨을 의미하는 강한 표현일 걸세.

《그래픽》에서 위고의 《93년》에 쓰인 삽화, 즉 '도로로사'라고 불리는 페테르센의 초상화를 보았네. 초상화의 인물이 내가 말한 그 여인과 너무나 닮아 있어 놀랐지. 같은 책에서 한 남자의 이야기를 읽었는데, 엄격하고 거만한 그 남자는 어느 날 위험에 빠진 두 아이를 발견하네. 타고난 이기심에도 불구하고 그는 자신에게 다가올 위험은 잊은 채 아이들을 구하지. 책을 읽다가 이보다 더 나와 똑같은 인물을 발견하는 경우는 드물 걸세. 물론 우리는 때로 마음속의 모호하고 애매한, 그러나 매우 일반적인 본질이 책 속에 표현되고 있음을 잘 아네.

디킨스의 《귀신 들린 남자와 유령의 흥정》에는 많은 진리가 담겨 있다고 생각하네. 자네, 읽어봤나? 물론 《93년》에서도 《귀신 들린 남자와 유령의 흥정》에서도 완전히 나와 닮은 인물을 발견하지는 못했네. 그 반대인 경우는 있었지. 하지만 그것들을 읽는 동안 내 안에서는 실로 많은 것들이 지나가고 눈을 뜬다네. 그럼 악수를 청하며, 안녕히.

날짜 미상

➤ 눈병이 심해지지 않아 기쁘다. 더 나아지겠지만 아직은 완쾌되지 않았으니 주의해야 한다. 내가 곤경에 빠져 있었다는 사실을 고백한다. (테오에게 보내는 편지에서, 1883년 2월 8일)

✹

뜻하지 않은 행운

라파르트에게

건강은 이상 없이 회복되고 있나? 자네 소식을 애타게 기다리고 있네.

최근 1870년대와 1880년대의 《그래픽》 스물한 권을 샀네. 어떻게 생각하나? 그러고도 이번 주 안에 두 권을 더 구입할 작정이네. 책들은 아주 싼값에 얻을 수 있었네. 그렇지 않았다면 나로선 손에 넣을 수도 없었겠지.

자네가 병이 난 이후, 블랙 앤드 화이트 기법에 따라 데생 작업을 시도했네. 《그래픽》을 통해서 그것에 대해 좀 더 많은 걸 배울 수 있기를 기대하고 있네.

자네와 조금이라도 더 수다를 떨고 싶네. 하지만 지금으로선 해야 할 일들이 꽤 많군. 《그래픽》을 대충 훑어보는 대로 곧 장문의 편지를 쓰겠네. 분명 수많은 복사본을 갖게 될 걸세.

1883

생레미 병원의 정원
1889년, 캔버스에 유채, 73.1×93.6cm.

《그래픽》을 얻기 위해 따로 작업을 해야 했네. 내게 그 책들을 판 유대인 부모의 초상화를 각각 두 점씩이나 그려야 했지. 하지만 어쨌든 대단한 행운 아닌가? 물론 책은 이미 내 것이 되었지만, 어처구니없게도 아직까지 보지 못하고 있네.

조만간 좀 더 자세히 편지를 쓰겠네. 자네의 건강이 하루빨리 회복되기를 기도하네.

헤이그와 같은 예술의 도시에서 나 같은 사람이 책 경매의 입찰자가 되었다는 사실이 우습지 않나? 사람들은 또 다른 구매자가 나타나주길 기다렸지만, 그런 일은 일어나지 않았네.

정말이지 《그래픽》 잡지들이 내 차지가 되리라고는 감히 생각
도 못했네. 책들을 갖게 되어 너무나 만족스럽지만, 한편으로는
사람들이 거기에 거의 관심을 보이지 않았다는 사실이 슬프기도
하네. 이런 보물을 손에 넣을 수 있었다는 건 멋진 일이지만, 그
래도 많은 사람이 좀 더 관심을 가져주었다면 좋았을 텐데. 하기
야 그랬다면 형편상 내가 그 책들의 주인이 될 수는 없었겠지.

많은 일이 다 그런 식이네. 오늘날 사람들은 고귀한 가치를
지닌 대상들에 전혀 관심을 보이지 않네. 그것들을 마치 잡동사
니, 오물, 폐품인 양 깔보고 무시하기 십상이지.

이 시대가 너무나 무미건조하다고 생각하지 않나? 아니면 나
한테 문제가 있는 걸까? 열정과 온정, 그리고 진심 어림의 부재!
화상과 그 일당들은 "그것은 어쩔 수 없는 일이다. 바라는 변화
는 먼 미래의 어느 날에야 올 것이다"라고 주장하네. 하지만 나
로선 왜 '그것이 어쩔 수 없는 일'인지 결코 이해할 수 없네.

《그래픽》을 대충 넘기면서 보는 일은 그리 나쁘지 않네. 그
러면서 나도 모르게 이렇게 생각하곤 하지, 아주 이기적인 심보
로. "아무려면 어때. 비록 시대가 무미건조해도 나는 권태로워
지고 싶지 않아."

그러나 우리는 매일 그렇게 이기적이지는 않네. 그리고 이기
적이지 않을 때 후회는 쓰라리다네….

날짜 미상

1883

148

집주인과의 투쟁

라파르트에게

약간의 '특권'을 행사하려고 집주인을 상대로 일종의 투쟁을 벌였네. 아틀리에를 조금 변형해 채광을 최대한 밝게 하고, 내 데생과 미완성품, 그리고 판화와 책들을 따로 보관할 수 있도록 장롱을 하나 설치하고 싶어서였지.

집주인과의 싸움은 내 쪽에서 집세의 일부를 내지 않을 만큼 어려운 상황까지 치달았네. 비교적 싼값에 얻은 집이기 때문에 당연히 주인을 설득하기가 쉽지 않더군.

그러다 방금 전 전부는 아니지만 어느 정도는 내 요구를 수용하겠다는 그의 대답을 얻어내는 데 성공했네. 아틀리에가 상당히 좋아지게 됐으니, 어쨌든 진일보한 셈이네.

집주인과의 투쟁은 프리츠 로이터의 《나의 감옥시대》라는 작품을 읽으면서 결심하게 되었네. 알고 있을지 모르지만, 이 작품은 형벌로 성에 갇힌 프리츠 로이터와 몇몇 사람들이 어떻게 그곳 사령관에게 많은 신임을 얻게 되는가를 재미있는 방식으로 이야기하고 있네.

날짜 미상

✳

쓰레기 더미에서 피는 꿈

라파르트에게

오늘 아침 자프리스티를 보러 갔네. 도로 청소부가 쓰레기를 버리는 곳이지. 부크만의 어떤 작품들을 연상시키는 볼 만한 광경이더군.

내일이면 그 쓰레기 더미에서 깨진 가로등 같은 흥미로운 물건들이 내게 운반될 걸세. 녹슬고 형태가 망가진 그 고물들을 감상용으로, 달리 말하면 모델로 쓸 생각이거든. 사람들이 내버린 양동이, 바구니, 냄비, 도시락, 양철통, 철사, 가로등, 프라이팬 등은 안데르센 동화에서도 훌륭한 소재가 되고 있지.

아마도 오늘 밤 나는 그 쓰레기들 꿈을 꾸겠지. 어쨌든 확실한 것은 이 겨울, 내 작업은 무엇보다 그것들과 더불어 진행되리라는 점일세.

언젠가 자네가 헤이그에 들른다면, 또 다른 쓰레기 버리는 장소로 안내하고 싶네. 예술가에게 그런 장소는 파라다이스와 같은 곳이지.

꼭 작업해야 할 데생 하나가 며칠 전부터 나를 기다리고 있네.

조만간 복제품 몇 점을 자네에게 보내겠네. 갖고 있는 복제품이 있거든 자네도 내게 보여주게나.

1883

150

다섯 개의 병이 있는 정물
1884년, 캔버스에 유채, 46.5×56cm.

그럼 안녕히. 자네의 작업에 큰 결실이 있기를. 요즈음 날씨가 너무나 눈부시지 않나? 몹시도 청명한 10월, 땅과 퇴색한 풀들이 너무나도 아름답군!

날짜 미상

✳
일과 돈

라파르트에게

보내준 편지는 고맙게 받았네. 지금 쓰는 편지는 자네의 2월 27일 자 편지에 대한 답장인 셈이네.

우선 석판화 이야기부터 해야겠네. 자네는 잉크건 분필이 건 같은 종이를 사용한다는 점을 확인할 수 있었을 걸세. 판화를 찍을 때 잉크가 번지는 정도는 선의 굵기와 직접적으로 관계가 있는 건 아니네. 매우 굵은 선일지라도 아주 선명하게 찍히는 걸 분명히 봤거든.

가는 펜촉으로 작업하든 말든, 그것은 자네 친구가 선택할 문제지만, 나는 그가 방법을 잘못 선택했다고 생각하네. 그런 식으로 작업을 진행하면 십중팔구 원하는 결과를 얻지 못할 걸세.

만약 가는 펜촉으로 작업하면서 생동감을 유지하고 싶다면 내가 알기로 방법은 하나네. 동판에 에칭하는 방법이지. 육필인쇄용 잉크로 작업하고자 할 때는 보통보다 더 가는 펜촉을 써서는 안 된다는 게 내 지론일세.

아주 고상한 사람들이 그렇듯, 가는 펜촉은 종종 믿어지지 않을 만큼 쓸모가 없네. 내 생각에 그것에는 보통 펜촉이 가지는 유연함이 부족하네.

1883

작년에 아주 비싼 값에 모든 종류의 펜촉과 적어도 여섯 개쯤 되는 특수 펜대를 산 적이 있네. 언뜻 보기엔 매우 실용적일 것 같았는데, 실상은 아무런 쓸모가 없더군.

혹시라도 질 좋은 가는 펜촉과 육필인쇄용 잉크를 사용한다면 좋은 결과를 얻을 수 있을지 모르겠네만…. 하여튼 나로선 보통 펜촉의 굵고 힘 있는 선이 최고의 결과를 가져온다고 확신하네. 친구의 작업이 성공하거든 꼭 알려주게. 상상만 해도 벌써 기쁘군.

자네, 혹시 몽테뉴 크레용〔고흐가 어떤 종류의 크레용을 이야기하고 있는지는 분명치 않다. 아마도 매우 부드러운 종류의, 굵고 깊은 선을 묘사할 수 있는 재료로 추정된다〕을 알고 있나?

작년에 동생 테오가 덩어리가 큰 두 개의 크레용을 보내왔더군. 솔직히 당시엔 그것을 쓰면서도 별다른 기대나 생각이 없었네. 물론 이후로도 더 이상은 염두에 두지 않았지. 그러다 최근에 그중 남아 있던 한 조각을 발견했는데, 그것이 너무도 아름다운 검은색이라는 사실에 놀라고 말았네.

그래서 어제 데생 작업을 하면서 바로 이 크레용을 사용해봤지. 무료 급식소에서 수프를 배급받는 몇몇 여인과 아이들의 모습을 담은 것인데, 기쁘게도 결과는 기대 이상이로군.

테오에게 곧장 편지를 써서 이 크레용을 좀 더 구해달라고 부탁해두었네. 받는 대로 자네에게도 보내주겠네. 이미 이 크레용을 알거나 가지고 있다면 내게 되돌려주게. 석판화용 크레용

공공 무료 급식소의 수프 배급

1883년, 종이에 분필, 붓과 페인트, 수채, 56.5×44.4cm.

과 함께 정기적으로 그것을 사용해볼 작정이네.

테오가 보내준 크레용에는 마치 영혼과 숨결이 깃들어 있는 듯하네. 여름 저녁 갈아엎어 놓은 밭 색깔을 띠는 그것에 나는 '집시 크레용'이라는 이름을 붙이고 싶네.

자네, 드 보크의 소식을 궁금해했지? 그와 만난 지도 꽤 오래되었군. 내가 아픈 이후로 한 번도 찾아간 적이 없으니….

전에 그를 방문하거나 길에서 우연히 만날 때마다 그는 이렇게 말하곤 했지. "오! 조만간 자네 집에 들르겠네." 그런데 내용과는 달리 말투로 볼 때 그는 오히려 "내가 자네를 방문하기 전에는 더 이상 내 집에 오지 말게. 하지만 내 쪽에서 자네를 찾아가는 일은 없을 걸세"라고 말하고 싶어 하는 것 같더군. 괜히 더 뻔뻔스러워 보이고 싶지 않아 언젠가부터 그를 찾아가는 일을 그만두었지.

드 보크는 현재 커다란 캔버스 작업을 하고 있는 것으로 아네. 올겨울 그의 소품들을 본 적이 있는데 무척 훌륭하더군. 최근에는 거리에서 그와 딱 두 번 마주쳤네. 털을 댄 외투에 광나는 장갑을 낀 걸 보니 형편이 좀 피고 있는 모양이더군.

작년에 밀레에 대해 의견을 나누다가 내가 드 보크의 심기를 거스른 적이 있네. 그는 늘 밀레의 위대함을 강조하곤 했지. 어느 날 우리 둘은 마을을 벗어나 스헤베닝언의 작은 숲에서 밀레를 두고 진지하게 이야기를 나누었네. 나는 그에게 말했지. "드 보크, 잘 들어보게. 만약 밀레가 지금 이곳에 있다고 가정해보

라 무스메

1888년, 종이에 연필, 리드펜과 갈색 잉크, 31.3×23.9cm.

세. 그는 나무 기둥에 앉아 간식을 먹고 있는 능직포 셔츠 차림의 저 작은 소년을 무시한 채 구름과 풀과 스물일곱 개의 나무 기둥만을 바라볼까, 아니면 전경의 한 부분인 소년에 그의 관심을 집중시킬까?"

나는 또 덧붙였네. "내가 자네보다 밀레를 덜 좋아한다고는 생각하지 않네. 자네가 밀레를 찬양하는 말을 들을 때마다 몹시 기쁘기까지 하다네. 그러나 내 생각에 밀레는 자네의 주장처럼 사물만을 바라보지는 않네. 불쾌하게 여기지 말게. 밀레는 그 누구보다도 인본적인 화가네. 그는 분명 풍경을 그렸고, 그것들이 참으로 아름답다는 사실에 대해서는 의심할 여지가 없네. 그러나 자네가 그렇게 말할 때, 자네 스스로가 실제로 그 말을 믿고 있다고 납득하기는 어렵네."

간단히 말해, 드 보크에게는 밀레나 라위스달보다는 차라리 빌데르스를 연상시키는 많은 특징들이 발견되는 편이네. 물론 내 착각일 수도 있으니, 나중에 그를 더 존경하게 될지도 모르겠네.

비록 언제부턴가 드 보크와 냉담한 사이가 되어버렸지만, 그와의 관계는 밀레나 그 비슷한 주제로 논쟁을 벌이는 일 이상으로 심각하지는 않네. 나로서는 그를 비난할 이유가 없네. 단지 그에게서 지금껏 밀레나 라위스달과의 유사성을 발견하지 못했다는 것뿐이지. 좀 더 나아지기를 기다리며 현재 나는 그를 빌데르스와 비교하고 있네. 그리고 이러한 내 견해를 단념할 생각이 아직은 없다네. 하지만 분명한 것은, 내가 만약 그를 무시한다면 그에 대해 이렇게 길게 이야기할 이유가 없다는 걸세.

지난번에 말한 대로 아틀리에를 새로 꾸며 무척 행복하네. 특히 다양한 모델들과의 작업은 그것이 득이 되었음을 증명해 주었네.

내가 석판화 작업을 포기했다고는 절대 생각하지 말게. 최근 한동안 돈 들어가는 데가 한두 곳이 아니었네. 그러고도 이것저것 필요한 물건들을 더 구입해야 할 처지네. 이래저래 다른 돌에 덤벼 작업을 시작하는 일이 당분간은 불가능한 상태가 되어 버린 거지. 하기야 조금 기다린다고 해서 손해볼 일은 없지 않겠나?

테오가 보내준 크레용을 이용한 작업을 좀 더 자주 하고 싶네.

헤이그는 아름다운 곳이라네. 다양성이 넘치는 곳이지. 올여름 동안 열심히 작업할 생각이네. 때때로 작업을 방해하는 금전적인 어려움에 부딪히기도 하지만, 바로 그 때문에라도 오히려 더 열심히 일해야 하고, 또 일하고 싶네. 블랙 앤드 화이트 기법에도 더욱 노력을 기울일 생각이네.

비용 때문에 줄곧 수채화 작업과 채색 작업을 하지 못했네. 크레용이나 연필을 사용할 때는 약간의 종이 값과 모델료만 지불하면 그만이지. 단언하건대 나로서는 갖고 있는 얼마 안 되는 돈을 미술용품 구입보다는 모델료로 쓰는 편이 훨씬 낫다고 생각하네. 모델료로 돈을 쓰고 나서 후회한 적은 단 한 번도 없으니까.

1883

158

이번 주에 바너드의 삽화가 들어 있는 디킨스의 신판 《크리스마스 캐럴》과 《귀신 들린 남자와 유령의 홍정》을 6페니에 구입했네. 디킨스의 작품이라면 어느 것이나 다 좋지만, 그중에서도 앞서 말한 두 작품이 특히 마음에 드네. 채 소년이 되기 전부터 그것들을 거의 매년 읽고 있는데, 읽을 때마다 늘 새로움을 발견하곤 하네. 나는 작가가 직접 감수한 프랑스어판 《디킨스 작품 총서》도 갖고 있다네.

자네, 언젠가 내게 디킨스의 모든 작품을 원서로 감상하는 건 거의 불가능한 일이라고 말한 적 있지 않나? 이유는 그의 영어가 이따금 매우 복잡하기 때문이지. 일례로 광부들의 방언을 삽입한 작품 《어려운 시절》이 그 경우라고 할 수 있지. 만약 프랑스어로 그의 작품을 읽고 싶다면 자네를 위해 그것들을 보관해두겠네. 자네만 괜찮다면 프랑스어판 《디킨스 작품 총서》와 다른 물건을 교환하는 건 어떻겠나? 그럴 수 있다면 나로선 꽤 기쁠 것 같네. 그의 영어판 작품들을 조금씩 모을 생각이거든.

날짜 미상

▸ 네가 보내준 크레용은 장점이 아주 많더구나. 특히 자연의 형상을 제대로 표현하는 데 탁월한 도구인 것 같다. 어제 라파르트에게 석판화에 대한 편지를 쓰면서 이 크레용의 유용함도 이야기했다. 그에게 크로키 몇 점을 보내고 싶어 우리 아기의 다양한 포즈를 데생했었지. 그러던 중 이 크레용이 크로키 작업에 매우 적당하다는 사실을 알게

되었다. 게다가 빵 부스러기를 이용해 색조를 가볍게 할 수도 있다. 이 크레용으로 명암을 가장 짙게 할 수도 있을 것 같다. (테오에게 보내는 편지에서)

가장 아름다운 유화

라파르트에게

지난 일요일 반 데르 벨레를 만나러 갔다가 내가 아는 그의 작품 가운데 가장 아름답다고 생각한 유화 한 점을 직접 보았네. 안개에 싸인 운하를 따라 펼쳐진 모래더미를 표현한 작품이지. 내가 보기에 그것은 기술이나 착상뿐 아니라 모티브 면에서도 마우베의 작품과 닮아 있네.

하지만 그 둘이 비슷한 생각에서 구상되었다 할지라도 반 데르 벨레의 작품은 전적으로 독창적이고 독특하다고 할 수 있을 만큼 충분한 개성을 지니고 있네. 크기도 상당하더군.

내 생각에 반 데르 벨레는 '떠오르는 인물' 중 한 사람일세. 자네가 그와 개인적인 친분을 쌓을 수 있으면 좋겠네. 서로 알게 될 기회가 생긴다면 그에게서 관계를 지속시킬 만한 사람됨을 발견할 테고, 두 사람은 금방 친구가 될 수 있을 걸세.

1883

위트레흐트에 또다시 겨울이 찾아올 걸세. 창문을 바라보며 그린 작은 데생 한 점을 동봉하네. 희미한 불빛 아래 난롯가에 앉아 창문 너머 눈 덮인 경치를 바라보는 일은 늘 행복하다네.

1883년 3월 말

➤ 고흐는 같은 그림을 동생 테오에게 보내는 편지에서도 묘사했다.

모델 작업

라파르트에게

답장 잘 받았네. 이번 주에는 손수레 끄는 사내들을 표현한 데생 작업에 매달렸네. 석판화 작업도 가능하겠지만 어떻게 될지는 아직 모르겠네. 어쨌든 끈기 있게 데생 작업을 계속하고 있지.

며칠 전 반 데르 벨레가 방문했더군. 그때 나는 모델 작업 중이었지. 우리는 《그래픽》 책자를 넘기며 함께 예술에 대해 논했네. 특히 호턴의 데생을 주의 깊게 바라보았지.

내가 반 데르 벨레에게 물었네. "말해보게, 자네는 우리에게 모델이 충분하다고 생각하나?" 그는 이렇게 대답하더군. "하루는 이스라엘스가 내 아틀리에에 들렀지. 모래더미를 표현한 내 유화를 바라보며 '이제는 무엇보다도 모델 작업을 해야 하네'라고 말하더군."

대부분의 화가가 형편만 좋다면 더 많은 모델을 쓰겠지. 예전의 《그래픽》에서 그랬듯, 우리가 힘을 합쳐 모델들이 매일 약속하고 모일 수 있는 장소를 마련해보는 건 어떨까?

어쨌든 모델 작업을 할 수 있도록 우리 서로를 격려하세. 동시에 화상들이나 흔해빠진 미술 애호가들의 입맛에 맞추는 것이 아니라, 굳건한 힘과 진리와 엄밀함, 그리고 정직함을 진실로 갈망하면서 작업하기를 서로에게 다짐하세.

나는 이 모든 것이 '모델 작업'이라는 표현 속에 들어 있다고 생각하네. 웬일인지 사람들은 모델 작업으로 완성된 모든 작품은 '불쾌하다'고 평가하는 것 같네. 이 '선입견'은 가상이 아니라 엄연한 현실이네. 나는 이 선입견이 다름 아닌 화가들의 노력에 의해 일소되어야 한다고 믿네. 물론 그들이 서로 돕고 격려하며, 화상들이 대중에게 떠들어대는 것을 더 이상 참지 말고 진심으로 할 말은 한다는 조건하에서 말일세.

하기야 자기 작품에 대해 화가들이 하는 말을 대중이 항상 이해할 수는 없으리라는 사실쯤은 나도 인정할 준비가 되어 있네. 그러나 화가들은 화상이나 그 일당들이 사용하는 '관습'이라는 구태의연한 방법보다 훨씬 더 좋은 종자로 여론의 밭에 씨를 뿌릴 수 있지 않은가.

이런 생각은 자연스럽게 전시회 문제를 언급하게 만드네. 자

1883

담장이 있는 밭을 쟁기질하는 농부

1889년, 캔버스에 유채, 54.0×65.4cm.

네는 지금 전시회를 목표로 작업 중이고, 그건 아주 잘된 일이지. 하지만 개인적으로는 솔직히 전시회를 그다지 중요하게 여기지 않네.

예전 일이긴 하지만, 전시회에 지금보다는 더 많은 주의를 기울인 적이 있네. 현재와는 다른 시선으로 그것을 바라보았지. 하지만 지금은 전시회가 무슨 의미가 있는지 도무지 모르겠네. 아마도 그 이면에서 벌어지는 일들을 알아버렸기 때문일까? 아니면 단순한 무관심?

사실 일부 사람들은 전시회의 결과에 속고 있네. 하지만 거기에 대해서는 더 길게 이야기하고 싶지 않군. 다만 그처럼 짜인 방식대로 작품들을 한자리에 모으는 전시회보다는 화가들 상호간의 호의와 공통된 소망, 그리고 따뜻한 우정과 성실성에 기초한 모임에 더 우위를 두고 싶을 뿐이네.

하나의 방에 나란히 걸린 작품들을 보면서 그것들을 그린 이들 서로서로가 유익한 일체감으로 결속됐으리라고는 감히 결론지을 수 없네. 나는 정신적인 결합을 아주 중요하게 생각하네. 어떤 것도, 그것이 개별적으로 아무리 중요하다 할지라도 그 정신적인 결합을 대신할 수는 없을 걸세.

정신적 결합이 없는 세계는 결국 함몰하고 만다네. 나는 추호도 사람들이 전시회와 손을 끊기를 바라지는 않네. 내가 원하는 것은 다만 화가들 간의 모임을 재조직하는 일, 좀 더 정확히 말해서 서로의 결합을 단단히 하고 쇄신하는 일이네. 그것은 오

1883

히려 전시회 자체를 유용하게 만드는 결과를 가져올 수도 있을 걸세.

암스테르담의 전시회에 보낼 〈타일 장식가〉를 새로 작업한 다는 소식을 듣고 무척 반가웠네. 어떤 작품이 될지 몹시 궁금하군. 그 그림은 전시회를 목표로 한 자네의 다른 작품만큼이나 내 관심을 끈다네. 그것들을 볼 수 있다면 얼마나 기쁠까. 하지만 자네가 작품들을 전시회에 보내는 문제는 내 관심사와는 동떨어져 있네. 가능한 한 빨리 답장 주기를.

날짜 미상

> 내 이상은 모델 작업이며, 늘 많은 수의 모델을 쓰는 것이다. 아틀리에는 모든 가난한 사람에게 날씨가 추울 때나 실직을 했을 때, 또는 피난처를 필요로 할 때 일종의 안식처가 될 수 있다. 그들은 아틀리에에서 난로와 무언가 마시고 먹을 것, 그리고 약간의 돈을 구할 수도 있다.

현재로선 작은 규모지만 언젠가 아틀리에를 좀 더 키울 수 있기를 고대하고 있다. 기다리는 동안은 적은 수의 모델에 만족해야겠지. 그러나 내 계획을 포기하지는 않을 생각이다.

나는 하나의 모델로는 제대로 해나갈 줄 모르지만, 더 많은 모델을 사용할 줄은 안다. (테오에게 보내는 편지에서)

블랙 앤드 화이트 기법

라파르트에게

전시회에 보낼 작품을 작업하고 있겠지?

석판화와 블랙 앤드 화이트 기법에 대해 계속해서 자네와 편지를 주고받고 싶네. 그리고 가능하다면 자네의 걱정이 사라지는 대로 서로 다시 볼 수 있기를 초조히 기다리겠네.

작업하느라 무척 바쁘다는 것 잘 아네. 편지는 되도록 짧게 쓰겠네.

한 가지 묻고 싶은 게 있네. 블랙 앤드 화이트 기법을 이용한 데생 작업을 어떻게 생각하나? 연필이나 목탄을 써서 데생할 수 있네. 효과가 약하거나 의도와는 다른 결과가 나타나리라는 염려 같은 건 하지 말고 될 수 있는 한 데생 작업을 완성하게. 그리고 나서 일반 인쇄용 잉크와 유화용 흰색 물감, 갈색 물감 등을 팔레트 위에 조금씩 덜어보게. 천연 상태에서 인쇄용 잉크는 송진만큼이나 진하다네. 그다음에는 물감과 인쇄용 잉크를 테레빈유와 잘 섞은 다음 조금 전에 완성한 데생 위에 붓으로 칠해보게.

최근에 앞서 말한 과정과 똑같은 작업을 했었네. 주요 성분은 물론 테레빈유로 묽게 한 인쇄용 잉크지. 데생을 담채로 채색함

1883

감자를 심는 농부 여인
1885년, 종이에 지우개와 바니시, 검은색 분필과 목탄, 41.7×45.3cm.

으로써 인쇄용 잉크를 묽게 하는 방법도 있네. 하지만 진한 상태로 그대로 두어 깊은 검은색의 뉘앙스를 살릴 수도 있을 걸세.

이런 방식을 통해 좋은 결과를 얻을 수 있으리라 믿네. 어쨌든 다음에 더 자세히 이야기하기로 하세. 현재 나는 이 방향으로 연구 중이네. 과정을 좀 더 단순화하는 방법을 찾아볼 수도 있겠지. 예를 들어, 인쇄용 잉크와 테레빈유만을 사용하는 실험도 해볼 만할 걸세.

지금 복사용 잉크가 아닌 일반 인쇄용 잉크를 이야기하고 있네. 만약 그것을 갖고 있지 않다면 아무 인쇄소에서나 구할 수 있을 걸세.

경험에 의하면 인쇄용 잉크는 토르숑지라는 표면이 거칠거
칠한 종이에 아주 적합하더군.

날짜 미상

➤ 테오에게 보내는 편지에서도 고흐는 같은 과정을 설명했다.

✳

예술가로 산다는 것

라파르트에게

아침에 자네의 전보 받았네. 자네를 보러 막 길을 나서려는 참
이었는데, 때마침 몸이 좋지 않다는 우울한 소식을 듣게 된 거
지. 심사숙고 끝에 계획을 포기했네. 말을 하면 병세가 악화된
다는 의사의 진단이 있었으리라 판단해서였지. 그렇지만 않다
면 자네도 내 방문을 불편하게 여기지는 않았을 텐데…. 나로서
는 자네에게 폐가 될까 꽤 걱정스러웠네.

모든 예술가는 몇몇 전형적인 특징을 보인다네. 일시적인 무
기력증, 신경증, 우울함 등은 대부분 작업할 때 겪는 정신적인
긴장의 결과인 경우가 많지. 물론 일종의 반작용 현상도 있다

1883

네. 다시 말해, 무기력증 따위는 오히려 정신을 긴장시킴으로써 호전될 수 있지.

친구들과 토론하는 일조차 피곤하게 느껴질 때, 얼마 동안 혼자 지내면 좋은 효과를 볼 수 있지. 그러나 내가 아는 한 자네는 그렇지 않을 것이고, 그래서 처음에는 애초에 계획했던 대로 자네를 만나러 가야겠다고도 생각했었네. 그러다가 다시 마음을 고쳐먹었지. "라파르트의 집에는 아버지, 어머니, 누이, 형제, 하인, 일꾼들이(내가 또 누굴 알고 있지?) 의사의 진단대로 그의 휴식을 돕고 있을 거야. 그럴 때 누군가 방문한다면 그리 유쾌한 일은 아니겠지. 서로에게 폐만 될 거야"라고 속으로 중얼거리면서.

내 이야기를 하자면, 솔직히 나는 내 안에서 두 개의 힘을 아주 분명히 느낄 때가 있네. 바로 무기력과 완강함인데, 둘 다 똑같이 작업이 주는 정신적인 긴장에서 기인하지. 나는 자신뿐 아니라 타인에 대해서도 완강함 쪽에 많은 신뢰를 두고 있네.

작년에 병이 났을 때, 나는 의사의 진단을 비웃었네. 그의 충고가 틀려서도, 그보다 내가 자신을 더 잘 안다고 고집해서도 아니네. 그저 '나는 그림을 그리기 위해 살고 있지, 육체의 건강을 지키려고 사는 것은 아니다'라는 생각 때문이었지. '삶을 잃어버린 자는 다시 삶을 찾을 것이다'라는 애매한 말의 진리는 때때로 너무도 명백하다네.

그러나 자네에게 생생한 목소리로 들려주고 싶은 말이 있네.

소달구지

1884년, 캔버스에 유채, 56.7×82.5cm.

힘을 아껴야 하네. 자네 목표에 직접적으로 도움이 되지 않는 어떤 것에도 힘을 낭비하지 말게.

자네의 성당 장식 작업에 대한 내 견해는 일반 장식 작업에 대해 내가 가진 생각과 똑같네. 장식 작업은 경우에 따라 탄약통에 탄약을 가득 채우고 언제든 그것을 다시 채울 수 있는 누군가의 비호를 받을 만한 가치가 있지. 하지만 많은 것을 경계하면서 두 어깨에 무거운 책임감을 짊어진 저격병의 보호를 받을 가치는 없네. 그런 작업에 소중한 탄약을 태워버려서는 안 되네. 자네는 드문 저격병이고, 탄약은 꼭 필요한 경우에만 써야 하네.

남에게는 허용되는 일이 자네에게는 비난거리가 될 수도 있지. 그런 경우 지나치게 완벽을 기하려다가는 오히려 일을 그르친다네. 더 좋은 일을 위해 자네를 아껴두게.

자네의 책임감과 중요성에 대한 내 생각에 동의하나? 나도 확실히는 단정 짓지 못하겠네. 우리 각자에게는 생각할 수 있는 두 가지 관점, 즉 '현재의 모습'과 '가능한 미래의 모습'이 늘 존재하지.

첫째의 경우, 우리는 집에 틀어박혀 지내면서 나름대로 '평화로운' 의식을 가질 수 있네. 그러나 둘째의 경우, 우리는 멋진 현실이 우리의 머리 위에서 정지됨을 느껴야만 하네. 우리 모두는 불완전하고 많은 결점을 가진 존재라네. 때문에 이상이나 무한으로 향하는 마음을 마치 우리와는 상관없다는 듯 숨길 권리가 눈곱만큼도 없지.

하루빨리 자네를 다시 보고 싶네. 1년 동안 자네의 작품을 단 한 점도 보지 못했네. 아니지, 1년이 넘었군. 작년에 자네가 이곳에 왔을 때도 작품은 볼 수 없었으니까. 게다가 자네 역시 석판화를 제외하고는 내 작업을 전혀 못 보고 있지 않나.

내가 모든 장식 작업이나 성당 장식미술에 반감을 품고 있다고는 생각하지 말게. 단지 여러 상황 가운데 하나, 즉 우리가 현재 네덜란드에 살고 있다는 바로 그 사실 때문에 반대할 뿐이니까.

종교의 시대에 '여분의' 힘을 성당 장식 작업에 쏟아붓는 일은 전혀 불합리해 보이지 않을 걸세. 하지만 열정과 '순수한' 에너지가 특히 젊은이들의 정신을 지배하지 않는 시대에 장식 작업이란 몹시 불합리해 보이네. 쾌활해 보여야 할 시기가 있듯 엄격해 보여야 할 시기도 있네. 그리고 우리에게는 그 엄격함을 공유하지 말아야 할 필요도 있네. 지금은 관습을 대표하는 많은 것이 유행하는 시기이며, 그것이 변화를 인정하지 못하는 인습의 시대로 우리를 데려갈 수도 있기 때문이지.

개인적인 문제나 어려움에 앞서는 몇몇 걱정거리가 정신을 사로잡고 있네. 자네와 수다 떨고 싶은 마음이 든 것도 실은 개인적인 어려움 때문이 아니네. 그래, 자네가 베푼 도움에 감사하기도 전에 질문부터 던진 꼴이 되었네. 도와주어서 고맙네. 하지만 솔직히 말해서 다른 일반적인 문제로 고민하고 있을 때, 내 개인적인 문제를 이야기하는 것은 상당히 불쾌하다네.

자네를 보러 가서도 분명 마찬가지였을 걸세. 하지만 내가 장밋빛 미래를 꿈꾸고 있지 않다는 사실을 숨기고 싶지는 않네. 나는 계획한 일들의 실행 가능성을 강하게 의심하고 있네. 이런 스스로를 깨우치기 위해서라도 자네와 대화를 나누고 싶네.

자네는 내 작품들을 존중하고 있으리라 믿네. 자네의 충고는 서로 다른 내 습작들을 분류하는 데도 많은 도움이 되었네. 현재 나는 많은 습작을 가지고 있네. 그리고 그중 가장 비중 있는 두세 작품이 머릿속에 늘 어렴풋이 남아 있지. 하지만 다른 습작품들에서도 틀림없이 중요한 요소들을 발견하게 될 걸세.

1883

꽃이 핀 과수원, 아를의 풍경

1889년, 캔버스에 유채, 53.5×65.5cm.

나에게는 자네 의견이 무척 중요하네. 그러니 자네 역시 어느 정도 내 생각을 알고 있을 필요가 있지. 내 관점들을 이해할 만큼 자네의 정신이 열려 있다는 믿음은 나를 기쁘게 하네. 비록 자네가 그것을 완전히 받아들이지는 못한다 할지라도 말일세.

새로운 경향에 반대하긴 하지만, 나는 어쨌든 이스라엘스나 마우베 또는 마리의 경향과 같지는 않네. 새로운 경향은 매우 우수해 보이더군. 그러나 다른 경향은 그와 흡사하지만 어떤 기법을 보여주고 있네. 그런 의미에서 새로운 경향과는 완전히 대립된다고 해야 할 걸세.

반 데르 벨레는 무척 '진지한' 화가이며, 제대로 된 행로를 파악하고 있네. 지난 일요일에는 그의 습작품들을 검토했지.

나 역시 이스라엘스나 마우베, 마리와 같은 최상의 행로를 찾고 있는 중이네. 내가 이미 그러한 방향으로 발전하고 있는지는 잘 모르겠지만. 물론 앞으로 어떤 진보를 하게 될지는 더더욱 알 수 없는 일이지. 그러나 현재까지는 최선을 다했으며, 앞으로도 노력을 계속할 것이네. 이 말은 현학적인 태도로 자네의 장식 작업에 반대하는 일이 내 의도와는 하늘과 땅만큼 거리가 멀다는 이야기와 통한다네. 어쨌든 늘 진실하고 정직하며 진지한 무언가를 찾으려는 나는 모든 것을 자네에게 숨김없이 이야기하고 있네. 내가 찾고자 하는 바를 이미 찾았기 때문이 아니라, 나 자신을 찾고 있기 때문에….

엄격하고 집중적인 작업을 목표로 삼을 수 있도록 우리는 장

1883

174

황한 일에 스스로를 낭비하지 말아야 하네. 내가 자네를 방문해서 하고자 했던 말은 이론이나 철학이 아니라 바로 실천의 문제일세. 월요일 아침만큼이나 실천에 대해 범속해지는 일….

날짜 미상

※

사랑하면 할수록

라파르트에게

자네가 오지 않아 무척 섭섭하군. 하지만 자네 잘못은 아니지. 아직까지도 자네 집에 갈까 말까 망설이는 중이네. 왜냐하면 여전히 많은 사람이 나를 만나기를 원치 않는 만큼, 나 역시 남을 방문하기가 꺼려지기 때문이네. 이는 내가 한 여인과 그녀의 두 아이를 내 집에 살게 한 사실과 부분적으로 관계가 있네. 사람들은 체면 때문에 더 이상 나와 친분관계를 유지할 수 없다고 생각하고 있네.

물론 이 문제에 대해 이미 입장을 밝혔듯이 자네는 그들처럼 나를 피하지 않으리라는 걸 잘 알고 있네. 나도 더 이상 '거리낌'을 가질 필요가 없겠지.

누군가 같은 이유로 나를 피한다면 나 역시 그와 동석할 기

파란 장갑과 오렌지, 레몬이 있는 정물
1889년, 캔버스에 유채, 48×62cm.

회를 굳이 찾으려 하지 않겠네. 나를 꺼리는 장소에는 가고 싶지 않네. 사회 관습만을 지키려 애쓰는 자들의 선입견을 조금, 정말로 아주 조금 이해하는 만큼 나는 그들을 약자로 간주하고 있네. 그리고 그들 나름의 가치만큼만 계속 존중해주기로 했네. 그들을 상대로 싸우고 싶지는 않네. 어쨌든 공격하고 싶지는 않아. 그런 점에서 나는 에너지를 많이 절약하고 있는 셈이지. 내가 지금 너무 현학적인가?

누가 뭐래도 자네만은 나를 있는 그대로 받아들여주게. 의사의 충고를 어기지 않는 선에서 내가 방문해도 괜찮은 때를 미리 알려주게.

1883

화가는 그림 그리는 일 외에 다른 것은 할 수도 없고 해서도 안 된다는 생각을 나는 인정하지 않네. 실제로 많은 사람이 책을 읽거나 비슷한 종류의 무언가를 하는 것을 시간 낭비라고 여기고 있네. 하지만 나는 그것 때문에 작업을 적게 하고 잘못하기보다는, 오히려 더 잘, 그리고 더 많이 할 수 있다고 생각하네. 그림과 직접적으로 연관된 분야의 교양을 쌓아가려 노력한다면 말일세. 어쨌든 매사에 대해 우리가 갖는 관점과 삶에 대한 견해는 작업에 매우 중요하며, 큰 영향을 미친다네.

나는 사랑하면 할수록 활동력을 발휘하게 된다고 믿네. 사랑이란 단지 감정 자체로 전부인 것이 결코 아니네.

날짜 미상

✳

라파르트와의 만남

라파르트에게

귀가해서야 자네 엽서를 확인했네. 아침에 내가 집을 나간 지 얼마 안 돼 도착했더군. 엽서를 보고서야 자네가 오늘 아침 모델과의 약속 외에 오후에 또 다른 약속이 있었다는 것을 알았네. 미리 알았다면 어쩌면 자네와 함께 갈 수도 있었을 텐데 아쉽군.

자네 작품을 볼 수 있었던 기쁨이 헛된 것이었다고는 전혀 생각하지 않네. 내가 자네의 계획을 방해하지 않았던 만큼 자네를 방문할 수 있어서 매우 기뻤네.

다시 말하지만, 자네의 작품은 정말이지 훌륭했네. 특히 실 잣는 여직공을 그린 스케치는 너무나도 좋더군. 살아 있는 진짜 여직공의 모습이라니!

그뿐 아니라 자네의 아틀리에에서 위고와 졸라, 디킨스의 작품들을 볼 수 있었던 점도 매우 좋았네. 기왕 말이 나온 김에 자네에게 에르크만샤트리앙의 《농민의 역사》를 권하고 싶네. 프랑스혁명을 주제로 한 책이지. 이런 장르의 책을 좋아하지 않으면서 인물화가가 된다는 건 나로서는 이해하기 어렵네. 인물화가의 아틀리에에서 현대 작가의 작품들을 찾아볼 수 없을 때는 공허하다는 인상까지 받지. 자네도 그렇게 생각하지 않나?

인쇄용 잉크에 관해 몇 가지 덧붙이고 싶네. 그저 즐긴다 생각하고 그것을 여기저기 뿌리고 펴 발라보게. 어떻게 될까 미리 걱정하지 말고 종이 한 귀퉁이나 오래된 습작품 위에 그저 무슨 효과가 있는지 한번 보겠다는 마음으로 그렇게 해보게. 테레빈유도 아끼지 말아야 하네. 이런 과정을 통해 많은 것을 배울 수 있을 걸세.

내가 모델 노릇을 한 자네의 습작품에서도 좋은 인상을 받았네. 밑그림을 목탄으로 처리했더라면 더 좋은 작품이 되었을 텐데 하는 아쉬움이 남긴 하지만.

마지막으로 석판화 분필로 잘못 그린 그림은 물과 붓으로 씻

1883

178

황혼 무렵 교회가 있는 풍경
1883년 10월, 판지에 유채, 36×53cm.

어내게. 인쇄용 잉크로 습작하는 수고를 아끼지 않는다면 자네
는 나보다 더 많고 훌륭한, 그리고 아주 실용적인 발견들을 하
게 될 걸세.

날짜 미상

▶ 라파르트를 방문해서 무척 기쁘다. 앞으로는 좀 더 자주 만나게 될
것 같다. 나는 진심으로 우리의 우정이 시간과 함께 견고해지고, 서
로에게 늘 큰 의지가 되기를 바라고 있다. 벨기에의 화가 무니에를
알고 있니? 라파르트 작품의 어떤 특징들이 그를 떠올리게 한다. (테
오에게 보내는 편지에서)

화가와 문학

라파르트에게

자네를 방문한 뒤 매우 감격해서 귀가했다는 말을 다시 한번 전하고 싶네. 나 역시 몇몇 대작들에 착수할 계획이네. 한 작품은 이미 작업하고 있는데, 〈모래언덕의 이탄 채굴자들〉로, 크기가 가로 약 1미터에 세로는 50센티미터일세.

내가 모래언덕의 광경이 얼마나 아름다운지 이야기했던 걸 기억하나? 그것은 마치 바리케이드와 흡사하다네. 자네 집에서 돌아오자마자 곧 그 광경을 그리는 일에 착수했네. 주제가 머릿속에서 이미 어느 정도 준비된 상태였거든. 마찬가지로 다른 작품들의 주제를 구상하느라 할 수 있는 만큼 머리를 쥐어짰고, 벌써 습작도 했네. 자네가 돈을 보내주지 않았다면 더 이상 작업을 계속할 수 없었을 걸세.

자네의 액자를 모델 삼아 화판을 바꿔 끼울 수 있는 틀 없는 나무 액자를 하나 주문했네. 아직은 색을 입히지 않았지만, 곧 자네 것처럼 물에 담가둔 나무 색깔을 칠할 생각이네. 화판이 잘 고정된 상태에서 작업하는 즐거움이 있군. 자네 데생들을 보고는 곧장 액자를 구입해야겠다고 결심했지.

《하퍼스 위클리》에서 라인하르트의 삽화 하나를 발견했네.

지금까지 본 그의 작품 가운데 가장 아름답다고 해도 무방할 〈익사자〉라는 작품이네.

송장 하나가 강에 던져져 있네. 한 남자가 신원을 파악하려고 무릎 꿇은 자세로 그 옆에 앉아 있고, 몇몇 남자와 여자들이 경관에게 익사자에 관한 정보를 제공하고 있네. 이 작품은 자네가 갖고 있는 〈표류물〉과 다소 흡사하면서 레가메의 일면을 보여주기도 하네. 어쨌든 매우 아름다운 복제품이지.

그러고 보면 아름다운 것들이 참 많네. 그렇지 않나?

목탄, 크레용, 원지 석판용 잉크로 〈모래언덕의 이탄 채굴자들〉을 스케치했네. 아직 인쇄용 잉크의 대단한 효과를 제대로 활용하고 있지는 못하네. 다시 말해서, 데생 〈모래언덕의 이탄 채굴자들〉은 애초 예상했던 만큼 현재 그렇게 힘찬 모습은 아니네. 목탄의 단점은 무엇보다도 너무 쉽게 지워진다는 점이네. 조심하지 않으면 세세한 부분의 표현은 어느새 지워져 있기 십상이거든. 하기야 나는 너무 조심스러운 게 탈이지만.

아마도 자네가 마음에 들어 할 만한 커다란 데생 작품 몇 점을 계획하고 있네.

자네, 혹시 《레미제라블》을 읽어보았나? 만약 그랬다면 이야기가 좀 더 쉬워질 것 같네. 내 머릿속에 늘 남아 있는 구절들이 어쩌면 자네에게도 깊은 인상을 남겼을지도 모르니 말일세.

오래전부터 알고 있던 그 작품을 다시 읽고 나서 주제에 대한 생각이 좀처럼 머리를 떠나지 않고 있네.

농부의 얼굴
1884년, 캔버스에 유채, 39.4×30.2cm.

우리 모두 학교에서 역사를 배웠네. 그러나 자네도 같은 생각인지는 모르지만, 그것만으로는 도무지 충분치가 않네. 너무나 무미건조하고 틀에 박힌 교육이지.

나는 특히 1770년부터 오늘날로 이어지는 시대에 대한 좀 더 명확하고 전체적인 시야를 갖고 싶네. 프랑스혁명은 근대 역사상 가장 중요한 사건이며, 우리 시대에도 여전히 중심축 역할을 하고 있네.

디킨스의 《두 도시 이야기》를 읽으면서 그 시대라면 훌륭한 데생 주제들을 발견할 수 있었을 것 같다는 생각이 자연스럽게 들었네. 엄밀한 의미에서의 역사보다는 일상생활의 자잘한 사건과 당시 사물들의 양상에서 더 많은 모티브를 발견할 수 있지. 당시를 회상하고 우리 시대로 거슬러 내려오면 모든 것이 변화된 세상을 한눈에 보게 되네.

많은 프랑스어와 영어 책들은 너무도 인상적이고 전문적인 방식으로 그 시대를 묘사하고 있어 쉽고도 명확하게 당시의 일들을 상상하게 하네.

자신이 산 시대를 주로 묘사했던 디킨스는 《두 도시 이야기》를 쓰고 싶은 욕망을 떨쳐버릴 수가 없었네. 그는 작품 속에 항상 가로등이 생기기 전 런던의 거리 풍경과 같은, 지나간 시절에 대한 묘사를 삽입하곤 하지.

대략 1815년경의 장례식이나 성당의 좌석을 상상해보게. 또는 그 시대의 이주, 산책, 겨울 거리들도.

CHAPTER 3 · 사랑, 연민 그리고 평온한 광기

《레미제라블》은 이후의 시대를 배경으로 하지만, 그 속에서도 내가 찾고자 하는 바를 발견하게 되네. 즉, 거기 묘사된 예전의 모습들은 내 할아버지나 좀 더 가깝게는 내 아버지의 시대를 상상하도록 자극하지.

《그래픽》의 모든 데생화가들은 위고의 《93년》에 앉힐 삽화 작업에 참여했었네. 콜더컷이 최고였지.

《93년》과 《레미제라블》에서 자네가 어떤 느낌을 받았는지 궁금하네. 틀림없이 훌륭한 작품들이라 생각했겠지. 언젠가 옛 시대를 묘사한 데생들에 관해 서로 이야기해보세.

약속한 대로 올여름에 한 번 더 우리 집에 들러주게. 파리에 있는 동생 테오가 이곳에 올지 모르겠네. 그가 자네 작품을 보러 나와 함께 자네에게 갈 수 있으면 좋겠군. 상상의 악수를 청하며.

1883년 5월

▶ 〈모래언덕의 이탄 채굴자들〉은 가로세로 각각 1미터와 50센티미터 크기로, 자연이 보여주는 매우 아름다운 광경을 표현한 작품이다. 사람들은 이 작품에서 수많은 모티브를 발견할 수 있을 것이다. 최근 몇 주 동안 자주 모래언덕에 들러 모든 종류의 습작화를 그렸다. 라파르트가 그것들을 보았는데, 그가 여기 있을 때 우리는 둘 다 어떻게 그 습작들을 연결해야 할지 몰랐다. 작품은 그때부터 시작되었는데, 나는 다락방에서 매일 새벽 네 시에 작업을 시작하곤 했다. (테오에게 보내는 편지에서)

1883

네 개의 데생 작업

라파르트에게

자네 편지가 도착했을 때 나 역시 자네에게 편지를 쓰고 있었네. 소식은 반갑게 잘 받았네. 데생 작업에 진척이 있다니 무척 기쁘군. 자네가 워낙 기운차게 작업을 시작해서 그렇게 되리라 믿고 있었네.

우선 영국 데생화가들에 대한 자네의 생각은 전적으로 정확하고도 적절하다는 말부터 하고 싶네. 자네가 진지하게 말한 바를 자네 작품 속에서 알아볼 수 있었네. 나 또한 과감한 윤곽선에 대해 자네와 같은 의견이네. 밀레의 부식동판화 〈삽질하는 사람들〉과 그의 대형 목판화 〈양치는 소녀〉, 그리고 알브레히트 뒤러의 판화만 봐도 윤곽선으로 하는 표현이 가능하다는 것을 충분히 알 수 있지.

탄탄하고 활기 있는 데생의 예로는 대표적으로 레이의 작품들, 특히 그의 식당 장식 시리즈인 〈눈 속의 산책〉 〈스케이트 타는 사람들〉 〈리셉션〉 〈테이블〉 그리고 〈하녀〉를 들고 싶네. 드그루가 같은 기법을 구사하고 있고, 도미에도 마찬가지지.

이스라엘스, 그리고 때로는 마우베와 마리 역시 종종 강렬한 윤곽선을 쓰고 있네. 단지 레이나 헤르코머 식으로 표현하지 않

양떼를 이끄는 양치기
1884년, 캔버스에 유채, 66.3×128.6cm.

을 뿐이지. 그런데 그들의 말을 들어보면 항상 색조에 관해서만 이야기할 뿐 윤곽선에 대해서는 거의 알려고도 하지 않는 것 같네. 그렇지만 이스라엘스는 그의 목탄화에서 분명 밀레를 떠올리게 하는 선을 사용하고 있네.

자네에게 감히 말하지. 비록 이 대가들, 특히 마우베와 마리에 대한 존경과 사랑에도 불구하고 나는 그들이 부드럽고 신중하게 데생할 것을 다른 사람들에게 조언할 때 윤곽선으로 할 수 있는 많은 표현을 강조하지 않는 것이 유감스럽네.

이래저래 현재로서는 수채화가 유행이네. 사람들은 그것을

1883

가장 표현력이 뛰어난 기법으로 알고 있지. 그들은 블랙 앤드 화이트 기법은 거의 사용하지 않고, 심지어는 그에 대해 반감까지 갖고 있네.

지금 〈흙탕〉〈모래사장〉〈쓰레기 하치장〉〈석탄 싣기〉 등 네 개의 데생을 작업 중이네.

테레빈유와 인쇄용 잉크는 감히 많이 쓰지 못했네. 아직까지는 목탄, 석판화용 크레용, 원지 석판용 잉크만을 사용할 뿐이지. 예외적으로 〈쓰레기 하치장〉의 크로키 작업 때만 테레빈유와 인쇄용 잉크를 썼는데, 결과는 그리 나쁘지 않더군.

자네를 방문한 뒤 줄곧 고되게 작업했네. 오랫동안 습작에서는 손을 뗀 상태였지만, 다시 시작하자마자 열정이 타오르더군. 며칠 동안 잇달아 새벽 네 시에 작업을 시작했지. 자네가 그 데생들을 봐준다면 얼마나 좋겠나. 지금까지 유일하게 반 데르 빌레만이 그것들을 보았는데, 나로서는 그가 한 말을 전혀 이해하지 못하겠네.

반 데르 빌레의 의견은 대체적으로 호평이었네. 그러나 〈모래사장〉에 대해서만큼은 인물이 너무 많고 구성이 간결하지 않다고 말하더군.

그의 말은 이랬네. "차라리 흐린 저녁 하늘에서 분리해 방파제 꼭대기에 손수레와 함께 있는 남자만을 그렸다면 좋았을걸. 이대로는 너무 복잡하네."

나는 그에게 콜더컷의 〈브라이턴 하이로드〔영국 동남 해안 마을 브라이턴의 거리 이름으로 추측된다))라는 데생을 보여주며 다시 물었지. "자네는 지금 작품에 그만큼의 인물을 배치하는 일이 허용되지 않고 있다고 말하고 싶은 건가? 그래서 작품이 복잡해졌다고? 그렇다면 내 데생은 제쳐두고 콜더컷의 작품에 대해서 말해보게나."

그가 대답하더군. "글쎄, 그의 작품 역시 별로 아름답지 않네. 이건 순전히 개인적인 의견이네만, 그 작품은 내게 아름답지도, 관심을 불러일으키지도 못하네."

반 데르 벨레는 자신의 생각을 썩 잘 표현했네. 하지만 자네도 이해하겠지? 그에게 걸었던 내 기대와는 달리 그가 문제를 전혀 파악하지 못하고 있다는 사실에 나는 일종의 환멸을 느꼈네.

물론 그렇다 해도 반 데르 벨레가 여전히 건실한 사내라는 내 생각에는 변함이 없네. 나는 그와 함께 기분 좋은 산책을 즐겼고, 그는 내게 눈부시게 아름다운 것들을 보여주었네.

실은 그 모래사장도 전에 그와 같이 산책하러 가던 길에 우연히 발견한 거였지. 그날 반 데르 벨레는 그쪽을 거의 바라보지 않았지. 다음 날 나는 혼자서 다시 그곳을 찾아갔네. 그러고 나서 많은 인물들과 더불어 그 모래사장을 데생했던 걸세.

실제로 거기서는 일하는 사내들의 모습을 많이 볼 수 있네. 겨울과 가을에 마을의 실업자들이 찾아들어 일하는 거지. 그때마다 모래사장은 너무도 아름다운 광경을 선사하곤 한다네.

최근에는 멋진 모델들과 일할 수 있었네. 몹시도 '아름다운'

1883

코르데빌의 초가집
1890년, 캔버스에 유채, 73×92cm.

추수하는 사람과 젊은 농부는 밀레의 작중 인물들과 놀랄 만큼 닮아 있었네.

언젠가 내가 데생한 손수레 끄는 건장한 남자를 기억하나? 실명한 눈에 특별한 붕대를 대고 '부자연스러운' 얼굴을 한 남자 말일세. 이번에는 누더기가 다 된 평상복 차림의 그를 데생했네. 아마도 사람들은 같은 인물이 다른 모습으로 포즈를 취했다는 것을 쉽사리 알아보지 못할 걸세.

작업 중인 데생 네 점의 크기는 모두 다 가로세로 각각 1미터와 50센티미터네. 다시 말하지만, 자네가 그것들을 봐주었으면 하는 마음 정말이지 간절하네. 나 스스로 그것들이 훌륭하다고 생각해서가 아니네. 비록 아직은 만족스럽지 못하지만, 어쨌든 자네 생각을 듣고 싶기 때문이네. 아직은 선명하지 못한 인물들에 좀 더 강렬하고 순간적인 움직임을 보태고 싶네.

자네가 내게 한 말은 거의 틀림이 없네. 자네는 지금 자네 길을 가고 있으며, 더 이상 샛길이나 우회로를 만나지는 않으리라 느낀다고 했던가? 나 역시 나 자신에 대해 같은 인상을 받곤 하네. 나는 올해 그 어느 해보다도 인물 데생에 모든 노력을 경주했네.

내게 감식안이 있다고 생각한다면, 자네의 인물들은 진정 '감정'을 가졌으며 생동감 있고 건강하다는 내 말을 믿게. 그런 면에서라면 자네 자신을 추호도 의심하지 말게. 그리고 계속해서 흔들리지 않는 손으로 그림을 그려나가게.

1883

자네의 습작 〈눈먼 사내들의 얼굴〉은 아주 훌륭하더군.

몇몇 내 인물들이 어떤 시기에 내가 모델 작업한 인물들과 전혀 다르다는 사실에 놀라지 말게. 나는 매우 드물게 모델 없이 작업하네. 그리고 그런 작업은 연습하지 않는다네.

자연을 마주하는 작업에 많이 익숙해지기 시작했네. 처음보다는 훨씬 더 개인적인 감정을 배제할 수도 있게 되었지. 이제는 자연 앞에서 현기증을 덜 느낄 뿐 아니라 좀 더 나 자신일 수가 있네. 운 좋게도 이미 안면 있는 차분하고 이해심 많은 모델과 작업하는 날이면 나는 몇 번이고 거듭해서 같은 모델을 데생하지. 그리고 그렇게 그린 모든 습작품 가운데 가장 독특하고 느낌이 있는 하나를 선택하네. 물론 선택된 작품도 더 서툴고 느낌이 덜 오는 다른 작품들과 똑같은 조건에서 만들어진 것만은 분명하지.

내 작품 〈겨울 정원〉을 보게나. 자네도 느낌이 온다고 말했지? 좋네. 하지만 그것은 우연히 얻어진 결과가 아니네. 나는 그 작품을 여러 차례 데생했네. 초기의 데생들에는 감정이란 존재하지 않았네. 마치 철처럼 거칠었지. 그런 초기 데생들을 거친 다음에야 나는 자네가 본 그 작품을 완성할 수 있었네.

초기의 〈겨울 정원〉은 다른 사람들에게 이해받지 못했네. 만약 데생들이 무언가를 표현하고 있다면, 그것은 우연이 아니라 내가 완벽하게 동기를 부여한 결과라고 말하고 싶네.

최근에는 자연 한 모퉁이의 어지러운 무질서 속에서 여러 다

들판의 농부
1889년, 캔버스에 유채, 50.3×63.9cm.

른 대상들을 서로 구별시키는 방식과 동시에 전체적인 색조의
명암에 조화를 부여하는 방식에 관심을 기울이고 있네. 이전에
대부분의 습작을 그릴 때는 자의적인 방식으로 빛과 갈색 톤을
배치했었지. 어쨌든 그 색조들을 논리적으로 적용하지는 않았
네. 바로 그래서 내 습작들이 영혼과 신랄함이 충분히 녹아 있
지 않은 듯한 인상을 주었던 것이고.

　　그것이 인물이든 풍경이든 모티브를 느끼고 머릿속에 품게
되면 나는 곧장 적어도 세 번의 스케치 작업을 되풀이한다네.

자연에 대한 관심을 접은 적은 결코 없지만, 웬만하면 나는 세부 묘사는 하지 않으려 애쓰고 있네. 지나친 세부 묘사는 몽상을 배제시키거든. 테르스테이흐와 동생 테오가 "도대체 이것은 풀인가요, 양배추인가요?"라고 물으면 나는 "그것들을 구분할 수 없다니 마음이 놓인다"고 대답한다네.

하지만 내 데생들은 자연을 충분히 가까이에서 지켜보고 있네. 그래서 이곳의 친애하는 본토박이들은 내가 전혀 신경 쓰지 못한 세부 사항들을 두고 "그래, 저건 바로 르네스 부인네 집 울타리야"라거나 "저건 드 루브 씨네 과일나무의 버팀기둥이야"라고들 신통하게 알아맞힌다네.

최근 발견한 파베르 크레용에 대해 말하자면, 그것은 목탄보다 부드럽고 질이 좋아서 저 '유명한' 검은색을 만들어낸다네. 좋은 작품을 위해서는 그 검은색이 필수적이지. 표면이 거친 회색 종이 위에 여직공을 데생하면서 파베르 크레용을 사용했는데, 석판화 분필로 작업할 때와 비슷한 결과를 얻을 수 있었네.

자네의 목탄화가 무척 보고 싶네. 동생 테오가 오게 되면 혹시 그것을 볼 기회가 생길지도 모르겠네. 하지만 그가 언제 올지는 나도 잘 모르겠군. 동생이 브라반트에 오면 그와 함께 위트레흐트에 들를 수 있을 걸세. 하지만 자네 작품이 너무 궁금해 방법만 있다면 혼자서라도 가고 싶은 생각이네.

조만간 헤이그에 들러주게. 참, 결혼식 참석차 어차피 이곳에 와야 한다고 하지 않았나? 만약 지난번보다 좀 더 손쉽게 모

프로방스의 농가
1888년, 캔버스에 유채, 46.1×60.9cm.

델을 구할 수 있다면 올여름 동안 몇몇 큰 데생 작업을 시도해
보려 하네.

노인 요양원에 가서 데생 허가를 요청했다가 또다시 거절당
했네. 그래도 다행히 이웃 마을에 다른 요양원이 있네. 그곳에
는 내 모델이 되어줄 몇몇 노인분들도 계시고.

어느 날인가 우연히 거기 갔다가 흰 사과나무 옆에 있는 늙
은 정원사를 보았네. 너무도 아름다운 광경이더군. 그때의 인연
으로 그는 내 모델이 되었지.

날짜 미상

졸라와 미술

라파르트에게

여행 중인 걸 알지만 다시 한번 편지를 쓰네. 책을 보내주어 고맙네. 위고에 대한 졸라의 말은 아마도 졸라 자신의 '증오'와 관련된 사건에 그대로 적용될 수 있을 걸세. "나는 그런 작가에게 그러한 주제가 주어졌다면, 결과는 다른 책이 아닌 바로 그 책일 수밖에 없음을 증명하고 싶다. 여러 번 되풀이하지만, 그 책을 두고 이루어지는 비판은 엄청난 부당 행위이다"라는 말 말일세.

나는 그런 책을 저술했다고 졸라를 비난하는 자들의 생각에는 눈곱만큼도 동의하지 않네. 나는 그 책을 통해 졸라가 어떤 사람인지, 그가 어떤 부분이 취약한지 알 수 있었네. 그는 회화에 대한 정확한 이해 대신 부족한 지식과 편견을 가지고 있네. 그러나 어떤 친구에게서 결점을 발견했다고 해서 그 친구에게 화를 낼 필요가 있을까? 나는 그렇게 생각하지 않네. 솔직히 이야기하자면, 오히려 그를 더 좋아하게 될 걸세.

바로 그런 이유로 살롱에 관한 기사들을 읽으면서 무척 이상한 느낌을 받았네. 나는 그 기사들이 매우 악의적이며, 완전히 틀렸다고 생각하네. 예외적으로 마네에 대한 호평에는 나도 전적으로 동의하네.

미술에 대한 졸라의 의견은 매우 흥미롭네. 마치 초상화가가 풍경을 묘사하는 행위만큼이나. 물론 그의 장르가 아니기 때문에 피상적이고 거짓일 수 있네. 하지만 어쨌든 재미있는 착상임에는 틀림없네! 그다지 일관되지도 명확하지도 않지만, 적어도 한 번쯤은 문제를 다시 생각하게 만드니까. 삶의 참신하고 반짝이는 순간이지.

회화에 대해 그리 잘 알지 못한다는 점에서 졸라는 발자크와 공통점이 있네. 졸라의 작품에는 두 종류의 화가만이 등장하네. 《파리의 복부》에 나오는 클로드 랑티에와 《테레즈 라캥》의 또 다른 화가 마네. 말하자면 후자는 한 인상주의 화가의 우스꽝스러운 분신이지.

발자크 작품에 등장하는 화가들은 권태롭고 답답한 인물들이네.

계속해서 이 주제에 대해 자유롭게 떠들고 싶지만, 내가 비평가는 아니니 그만두겠네. 다만 한 가지만 덧붙인다면 텐에게 퍼부어진 신랄한 비판은 꽤 만족스럽네. 텐의 수학적 비평은 가끔 도발적인 경향이 있지. 하지만 그 같은 엄밀한 비평으로 그는 때로 놀랄 만큼 깊이 있는 판단을 끌어내기도 하네.

예컨대 디킨스와 칼라일을 두고 그는 "영국적인 기질의 근본은 바로 행복의 부재다"라고 말했네. 말의 정확성이야 어떻든, 이는 주제에 대해 그가 심도 있는 숙고를 했다는 증거이며, 남들은 아무것도 보지 못하는 어둠 속에서 무언가를 인식할 때

1883

196

까지 끈질기게 시선을 집중했음을 의미하네. 예로 든 텐의 문장은 상당히 설득력 있다고 생각하네. 같은 주제에 대한 수천 개의 다른 문장보다 더 많은 것을 이야기하고 있지. 이런 점에서 나는 텐을 무척 존경하기도 한다네.

바우턴과 애비의 작품을 마음껏 감상할 수 있어 기분이 좋군. 애비의 〈교회의 종치기〉와 〈감자밭〉은 다른 어떤 작품에 비할 바 없이 아름답네.

졸라가 밀레에 대해서는 한마디도 언급하지 않았다는 사실을 아나? 그의 작품에서 시골의 무덤과 늙은 농부의 임종, 그리고 장례식에 대한 묘사를 읽었는데, 밀레의 작품만큼이나 아름답더군. 졸라가 밀레를 언급하지 않았다는 건 그가 밀레의 작품을 미처 모르고 있었음을 말해주네.

자네, 여행 중에도 데생 작업을 계속하고 있나? 현재 나는 〈감자 캐는 사람들〉에 몰두하고 있네. 노인의 얼굴과 습작화 초벌 시리즈는 이미 데생을 마쳤네. 〈감자를 수확하는 사람들〉 〈잡초를 태우는 사람〉 〈자루를 짊어진 건장한 사내〉 〈손수레 끄는 사람〉 등. 그 밖에 〈씨 뿌리는 사람〉도 데생했지. 같은 종류의 습작만 벌써 일곱 아니면 여덟 번째일세. 이번에 그린 것은 흙덩어리로 덮인 대지를 배경으로 하늘을 등에 지고 씨를 뿌리는 사람이네.

많은 다른 이들에게 묻고 싶은 질문 하나를 졸라에게도 던지고 싶네. "대구가 놓인 도기 접시와 나무꾼, 씨 뿌리는 사람 등의 모습에는 진정으로 아무런 차이가 없다고 생각하십니까? 기술 면에서 추종을 불허하는 렘브란트와 반 바이어른, 그리고 볼롱과 밀레에게도 차이가 없을까요?"

여행에서 돌아오는 대로 내 작품들을 보러 오게나.

동생 테오가 파리에서 열리고 있는 매우 아름다운 전시회, '100편의 걸작선'에 대해 알려주더군. 즐겁게 여행하게. 그리고 잊지 말고 내게 소식 전해주게. 악수를 청하며.

날짜 미상

> 라파르트는 여행을 떠났다. 그 전에 내게 편지를 보내왔는데, 내가 일러준 대로 인쇄용 잉크와 석판화용 잉크를 테레빈유와 섞어 써서 매우 좋은 결과를 얻었다고 적었더구나. (테오에게 보내는 편지에서)

CHAPTER 4

즐거운 작업

1884

✳

슬픈 사고

라파르트에게

지난 며칠 새 우리 가족에게 슬픈 사건이 있었네. 어머니가 기차에서 내리다가 불행한 사고를 당하셨지. 오른쪽 대퇴골이 골절되는 심각한 사고였네.

다행히 수술은 성공적이었네. 어머니의 병세가 많이 호전되었고, 더 이상 고통스러워하시지는 않네. 하지만 이 사고로 식구들 모두 심각한 걱정에 사로잡혔네.

이런 때 내가 집에 있어 얼마나 다행인지 모르겠네. 여러 형편상 일을 돌봐줄 사람이 나 말고는 없으니 말일세. 사실 누이들도 건강이 좋지 않다네. 수스테르베르흐에서 이따금 머무른 누이가 가장 허약하지. 그나마 자네가 우리 집에 왔을 때 본 누이는 그중 건강한 편이네. 그녀는 다시없을 만큼 용기 있고 꿋꿋한 사람이지.

어머니에게는 합병증의 우려가 있다는군. 게다가 의사 말에 따르면, 어머니는 건강을 회복할 수는 있지만, 상황이 순조롭게 진행된다 해도 걸으려면 최소한 6개월은 필요하다고 하네. 그뿐 아니라 한쪽 다리는 다른 쪽 다리보다 짧아질 거라고. 다행히 어머니는 평온과 안정을 지키고 계시네. 그런 당신의 모습이 우

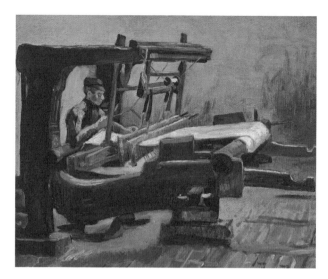

오른편을 향하고 있는 방직공

1884년, 캔버스에 유채, 36.6×45cm.

방직공의 오두막

1884년, 캔버스에 유채, 47.5×67cm.

방직공

1884년, 캔버스에 유채, 62.5×84.4cm.

방직기와 베틀

1884년, 캔버스에 유채, 61×93 cm.

리에게는 힘이 되고 있지.

빠른 답장을 기다리겠네. 지난번 만남 이후 새 작품을 시작했는지 궁금하군.

나는 여전히 방직공들 작업에 힘쓰고 있네. 하지만 한동안은 어머니의 병환 때문에 전적으로 작업에만 몰두할 수 없을 것 같아 걱정이네.

지난번 편지에도 썼듯이, 고무 수채화법으로 자연을 모델로 한 몇몇 습작을 그리고 있네. 대부분의 시간을 집에서 보내야 하는 처지이기 때문에 언젠가는 그 습작들을 수채화로도 표현해볼 생각이네.

부모님이 자네에게 안부 전하라 하시네.

어머니는 물건을 사러 아침에 뉘넌에서 헬몬트로 가던 길에 기차에서 내리다가 실족하셨던 모양이네. 자동차에 실려 집까지 오는 도중 상태가 악화되지 않았고 수술도 성공적으로 끝났으니 불행 중 다행이라 생각해야겠지. 물론 이래저래 걱정스러운 일들이 아직 남아 있긴 하지만.

가능한 한 빨리 자네 소식을 듣고 싶네. 상상의 악수를 청하며.

날짜 미상

1884

서운한 마음

라파르트에게

너무나 오랫동안 소식 하나 없는 자네가 야속하군. 자네 역시 어느 정도 인정하고 있을 테니 그에 대해 더 이상 말하지는 않겠네.

좋은 소식이 있네. 우리가 감히 생각지도 못할 만큼 빠르게 어머니가 기력을 회복하셨네. 의사는 석 달 안에 그녀가 완전히 건강을 되찾으리라 장담하더군.

우리가 이미 이야기했던 대로라면 올겨울에 자네에게 수채화 몇 점을 보내야 했겠지. 하지만 단도직입적으로 말해 자네로부터 아무런 소식도 받지 못했기 때문에 그러고 싶은 마음이 전혀 들지 않았네. 내가 수채화 작업을 했는데도 자네에게 아무것도 보내지 않은 이유를 알겠지?

최근에는 〈방직공〉의 채색 작업에 주로 매달렸네. 작업은 훌륭히 마무리되었지. 포근했던 지난 며칠을 틈타 들판의 작은 묘지로 야외 작업을 나가기도 했네. 그리고 〈방직공〉 펜화 작업도 다섯 점이나 했고. 하지만 올겨울 동안 목판화 수집에는 손도 대지 못했네.

정원사
1889년, 캔버스에 유채, 61×50cm.

혹시 쥘 브르통의 시를 알고 있나? 최근에 〈소박한 사람들〉 〈산책〉 〈심중〉 같은 그의 작품을 프랑수아 코페의 불시佛詩와 함께 다시 읽었네. 코페의 작품과 마찬가지로 매우 아름다운 시들이지.

노동자들과 화류계 여성들을 소재로 한 습작품들에는 너무도 많은 '감정'이 묻어 있네. 도미니크회 수도사를 소재로 삼은 작업은 많이 진척되었나? 왜 내게 편지 한 통 없는 건가? 안녕히.

날짜 미상(겉봉의 소인은 '뉘넌, 1884년 2월 25일')

✻

그림을 파는 일

라파르트에게

약속했던 대로 코페의 시 몇 편을 동봉하네. 만추의 정취를 품고 있는 이 시들을 자네도 좋아하리라 믿네.

최근엔 주로 야외에서 그린 습작들의 채색 작업에 몰두했네. 그 습작품 가운데 크로키 한 점을 보내네.

어머니의 건강은 계속해서 좋아지고 있네. 뼈가 굳어서 깁스도 제거했지. 하지만 적어도 6주간은 다리를 줄곧 수평 상태로 유지해야 한다네. 어제는 어머니를 들것에 실어 거실로 옮겨드

밀밭의 추수

1890년, 캔버스에 유채, 73.6×93cm.

렸네. 상태가 더 나아지면 야외로 모시고 갈 생각이네.

때때로 사람들은 작품을 팔지 않는다고 나를 비난하면서 '왜 팔지 않는지' 그 이유를 묻네. 나는 간단히 대답하지. 나중에 팔고 싶다고. 그렇네. 말 그대로 나중에 작품을 팔기 위해서라도 나는 지금 계속해서 규칙적으로 작업해야 하네. 현재로선 내 그림이 팔릴 가능성은 거의 희박하네. 게다가 내 길을 가기 위해 온 힘을 쏟아붓고 있는 나에게 작품을 파는 문제는 솔직히 관심 밖의 일이기도 하네.

하지만 무언가 팔 기회를 완전히 무시할 수는 없을 것 같군. 사람들의 비난도 비난이려니와 수입과 지출을 맞추는 어려움이 나를 가끔 진퇴유곡으로 몰아넣곤 하니 말일세. 무모한 일일지 모르지만, 어쨌든 사람들에게 내 작품을 보여주기 시작했네.

잘 지내게. 악수를 청하며.

날짜 미상

> 편지에 썼듯이 1월 말이나 2월 초경, 그러니까 내가 부모님 집에 들어갔을 때의 일이다. 사람들은 네가 정기적으로 내게 보내주는 돈을 완전히 덧없는 수입으로, 또는 졸렬한 은혜로 여기고 있다는 인상을 노골적으로 비치더구나. 그리고 이 일과 전혀 상관없는 제삼자들, 예를 들어 친애하는 마을 주민들에게 내가 화젯거리를 제공해주고 있다는 사실도 확인했다.

일주일 동안 세 사람이나 "왜 작품을 팔지 않느냐?"고 내게 묻더구

나. 이런 경험이 그리 유쾌한 일은 아니라는 건 너도 잘 알 거다. (테오에게 보내는 편지에서)

채색 작업

라파르트에게

쥘 브르통의 시 몇 편을 동봉하네. 자네에게도 분명 행복감을 선사하리라 확신하네. 오늘은 채색 작업을 했네. 좀 더 정확히 말하자면, 직조공 습작을 채색하는 데 벌써 며칠 동안 매달리고 있네.

〈겨울 정원〉의 색채도 찾으려 했는데, 지금은 어느새 봄이 되었군. 작품은 아주 다른 모습을 띠고 있네. 안녕히.

날짜 미상

▶ 오늘 아홉 번째 직조공 습작화 채색 작업을 다시 시작했다. 하지만 채색은 비용이 많이 든다. 매번 물감조차 구입하기 힘든 형편이라 시간을 많이 낭비하고 있다. (테오에게 보내는 편지에서)

1884

내 그림 애호가를 만나리라는 희망

라파르트에게

내 데생들에 대한 자네의 편지를 받고 기뻤네. 직조공과 관련된 작업을 위해 현장에서 직접 방적기를 습작했네. 매우 고된 작업이었지.

내 습작화는 기계 설계사가 그린 방적기 설계도보다 땀에 절고 손때 묻은 그 기계를 더 잘 표현하고 있네. 그리고 비록 직조공을 그리지도 비율에 신경 쓰지도 않았지만, 기계 작업을 하며 땀 흘리는 방직공을 떠올릴 수도 있지. 그 기계는 이따금 한숨과 불만을 토해내기도 할 걸세.

나는 자네의 기계 데생들을 좋아하네. 왜냐고? 자네가 비록 핸들만을 그린다 해도 어느 순간 그것을 돌리는 소년의 모습이 나도 모르게 떠오르기 때문이지. 설명할 순 없지만, 소년의 존재를 분명히 느낄 수 있네. 자네의 기계 데생을 모델화로 보는 이들은 자네 작품을 전혀 이해하지 못하는 걸세.

기계를 데생할 때 가능한 한 '기계 설계사'도 염두에 두고 작업해야 한다는 자네의 생각에 동의하네. 작업이 습작으로서 가치를 갖게 되기를 바란다면 말일세.

〈겨울 정원〉을 인정해주니 기쁘네. 그 정원은 나를 꿈꾸게

바위
1888년, 캔버스에 유채, 54.9×65.7cm.

했네. 이후 같은 주제로 또다시 작업했네. 인간의 몸 구조와는 다른 작고 검은 유령도 그렸지. 그건 단순한 '얼룩'이라네. 그 작품을 자네에게 보내겠네. 다른 작품들, 특히 세피아 물감으로 그린 크로키 〈늪 속에서〉와 펜 데생화인 〈꼭대기가 잘린 자작나무〉〈포플러 가로수길〉〈울타리 뒤〉〈어부 마틴〉〈겨울 정원〉도 동봉하겠네.

전시회에 대해서는 고민하지 않네. 그저 매일 쉬지 않고 작업할 뿐이지. 습작화 몇 점을 그리지 않고는 한 주도 그냥 보내

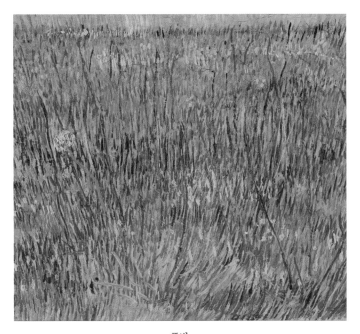

풀밭

1887년, 캔버스에 유채, 30.8×39.7cm.

는 법이 없네. 내 작품을, 그것도 한두 개가 아니라 쉰 개가 넘게 원하는 미술 애호가를 만나리라는 희망을 포기하지 않았고, 내 고민은 바로 그 문제에 봉착해 있네.

아는 사람들에게 내 작품을 소개해달라고 부탁한 것은 언젠가는 그런 미술 애호가를 만날 수도 있다고 생각하기 때문이네. 그러지 못한다 해도 상관은 없네만, 생활이 조금 더 어려워지겠지. 그러니 어떻게든 기회를 만들고, 이래저래 작품을 팔 수 있는 모든 길을 모색해봐야겠지.

초록 밀밭, 오베르
1890년, 캔버스에 유채, 72.3×91.4cm.

어쨌든 기회가 되는 대로 사람들에게 내 작품을 소개해주게. 사람들이 내 그림을 경멸한다면 할 수 없지. 더 기다릴 수밖에. 확실한 건 기다리는 동안 단독으로 전시회를 열 생각은 추호도 없네.

데생에 관심을 가진 사람들에게서 평범한 대중 애호가들이 갖고 있는 감정, 어느 정도의 신뢰, 심지어는 종교적 신념까지 발견할 때가 있네. 반면 화상과 같이 경박한 초보자들에게서는 어떠한 감정도 신뢰도 신념도 찾아볼 수 없네. 단지 피상적인 판단, 일반론, 관습적인 비판과 같은 영원히 되풀이되는 상투적인 언사만을 확인할 뿐이지. 그들에게 대항하려는 시도는 시간 낭비에 불과하네.

다시 한번 부탁하네. 기회가 닿는 대로 내 작품들을 사람들에게 보여주게. 그렇다고 너무 애쓰거나 강요할 필요는 없네. 나도 어쩔 수가 없군. 형편이 허락했다면 틀림없이 작품들을 계속 갖고 있는 쪽을 선택했을 걸세. 그것들을 팔 생각은 하지 않았을 거라는 이야길세. 하지만….

잘 지내게. 최근에 다시 채색 작업을 시작했네. 때때로 유화와 펜 데생 작업만 하겠다는 결심을 하기도 하네.

1884년 4월

✳

끊임없이 작품을 선보일 필요

라파르트에게

부모님의 이름으로 자네를 초대하네. 조만간 우리 집에 들러주게.

어머니는 많이 회복되셨네. 휠체어를 벗어나 거실 의자에 앉을 수도, 조금은 걸을 수도 있게 되셨지. 밖에는 꽃이 피었군. 긴 소풍을 떠나기에 아직은 덥지 않은 계절이네.

최근 자네에게 펜 데생화 석 점을 보냈네. 〈시냇물〉〈작은

이탈리아 여인

1887년, 캔버스에 유채, 81.5×60.5cm.

늪의 소나무〉〈갈대 지붕〉, 이렇게 세 작품이네. 주제들이 마음에 드나? 세부적인 표현에서 내가 모델을 완전히 무시하고 있지 않다는 걸 자네도 인정하리라 믿네. 작품 곳곳에서 빛의 효과를 살리려고 무던히도 애써야 했네. 어떤 한순간에 드러난 자연의 영혼과 명암의 효과, 그리고 그 전체적인 '모습'을 비교적 짧은 시간 안에 재현해야 했기 때문이지. 각각의 대상들은 정해진 순간에만 관찰할 수 있었네.

크로키 〈직조공〉과 〈테르스헬링의 여인들〉을 다시 보고 싶군.

혹시 누군가에게 내 데생들을 보여주었나? 어떤 이는 거절하고, 어떤 이는 비웃고, 어떤 이는 좋은 점도 이야기했겠지. 새로운 작품을 계속 보여주다 보면 개중에는 생각이 달라지는 경우도 있을 걸세.

1884년 5월

계약

라파르트에게

오랫동안 편지를 쓰지 못했네. 내가 보낸 마지막 편지에 답신이 없기에 마냥 기다리다가, 아마 자네가 드렌터로 떠난 모양이라고 짐작했네. 게다가 지난주에는 하도 바쁜 나머지 자네에게 편지 쓸 생각조차 못 하고 지냈다네.

시간이 나면 근황을 전해주게. 자네의 대형 유화 〈생선시장〉이 어떻게 진행되고 있는지 무척 궁금하네.

올여름 에인트호번에 있는 금은 세공품상 집을 방문했네. 주인은 여러 차례 골동품 컬렉션을 연 적이 있는데, 그림도 조금 그린다네. 이 사내는 희한한 골동품들로 꽉 찬 그 저택의 방 하나를 자기 손으로 직접 장식하려는 중이었지.

내가 갔을 때는 이미 구체적인 계획까지 짜놓은 상태더군. 가로 1.5미터, 세로 60센티미터인 여섯 개의 작은 공간에 〈최후의 만찬〉을 프레스코화로 채우려는 것이었네.

나는 그에게 말했지. 식당이니 신비로운 성인들보다는 전원생활의 모습으로 장식하는 게 초대받은 사람들의 식욕을 자극하기에는 더 좋을 거라고. 그는 내 의견을 받아들이더군.

곧이어 나는 그의 아틀리에를 방문했고, 그가 원하는 대로 '파종하는 사람', '경작하는 사람', '수확하기', '감자 심기', '양치기', '겨울날 소가 끄는 짐수레' 등 전원생활과 관련된 여섯 가지 주제를 임시로 크로키했네.

지금 그 여섯 가지 주제로 유화 작업을 하고 있는 중이네. 물감 값과 모델료는 그가 대지만 작품은 내 소유로 남을 걸세. 복제한 뒤 내게 돌려주는 거지. 이 계약 덕분에 나는 혼자서는 비용을 댈 엄두조차 못 낼 작품을 만들 수 있는 셈이네. 즐거운

1884

밀 짚단

1885년, 캔버스에 유채, 40.2×30cm.

작업이지. 물론 복제할 때 일일이 설명해줘야 하는 불편은 감수
해야겠지만.

〈씨 뿌리는 사람〉〈경작하는 사람〉〈양치기〉는 가로세로 각
각 1.5미터, 50센티미터 크기로 밑그림을 그렸고, 나머지는 더
작은 크기로 크로키했네. 팔짱 끼고 여유 부릴 시간 없이 작업
에 매달리고 있다네.

상시에가 쓴 훌륭한 책《J. F. 밀레》를 선물 받았네. '우리
시대의 예술가들'이라는 부분을 읽고 블랑의 《데생 지침서》도
구입했지. 보스마르도 같은 주제를 다뤘지만, 나로서는 블랑의
작품이 더 마음에 드는군. 원한다면 앞서 말한 책 두 권을 모두
보내주겠네.

부모님의 이름과 함께 인사하네. 신의를 다하며.

1884년 8월

▸ 1884년 8월, 테오에게 보내는 편지에서 고흐는 같은 이야기를 한다.

1884

✸

즐거운 작업

라파르트에게

블랑과 프로망탱의 책을 돌려보내네. 고마웠네. 지난번 편지에
서 말했듯이 블랑의 《데생 지침서》는 구입했네.

지난주에는 마을 사람 몇 명과 함께 우연히 위트레흐트에서
하루를 머물렀네. 자네 집에 잠깐 들렀지만 아무도 없더군. 자
네 작품을 보지 못해 무척 안타까웠네. 〈생선시장〉을 꼭 보고
싶었는데…. 자네가 어디 있는지조차 몰라 아직 드렌터에 있겠
거니 짐작만 했네.

자네를 만나 우리 집에 올 수 있는지 확인하려 했는데, 어쨌
건 그 문제는 나중에 다시 편지로 쓰겠네.

내 편지가 두 통이나 자네의 답장을 받지 못했네. 잘 지내게.

지난번에 말한 유화 여섯 점을 즐겁게 작업했네. 밑그림이
완성됐지. 하지만 조금은 속박된 기분도 드네. 정해진 크기대로
작업해야 하는 제약 때문이겠지. 게다가 나는 두셋이면 충분하
다고 생각한 인물을 금은 세공품상은 대여섯 명이나 그려주길
바라지 않겠나? 어쨌든 매우 즐거운 작업이었고, 여전히 즐겁
게 작업하고 있네.

1884년 9월경

감자 심는 농부들
1884년, 캔버스에 유채, 66.4×149.6cm.

▶ 그녀를 방문하려고 위트레흐트에 갔었다는 말을 해야겠다. 그녀의 담당 의사와 면담도 했다. 의사에게 그녀의 건강을 위해 내가 해야 할 일과 하지 말아야 할 일들을 물었지. 지금으로선 그녀를 계속 돌봐야 할지 한발 물러서 있어야 할지조차 모르겠다. (테오에게 보내는 편지에서)

▶ 고흐는 테오에게 보내는 편지에서 '여인 X'라고 불린 인물의 자살 기도 사건을 암시한 바 있다.

1884

222

뜻밖의 여행 계획

라파르트에게

급히 몇 마디 쓰네. 어제 부모님이 자네가 우리 집에 오기로 했느냐고 물으시더군. 10월경에 틀림없이 방문할 예정이지만 정확한 날짜는 알 수 없다고 말씀드렸네.

자네의 방문은 언제든지 환영이네. 하지만 11월보다는 10월에 온다면 부모님이 더 좋아하실 것 같네. 아마도 10월 이후로 부모님이 기다리는 손님이 있는 모양이야.

11월에는 나 역시 집이 아닌 다른 곳에 있어야 할 것 같네. 부모님 말씀을 듣자니 같은 달에 오기로 한 손님이 나를 보지 않았으면 한다지 뭔가. 그 바람에 심지어 12월 중순까지 이곳을 떠나 있어야 할 처지가 되고 말았네.

부모님과 함께 자네를 기다리겠네. 오지 않는다면 실망이 클걸세. 11월에는 여행을 갈 계획이라고 말씀드렸네. 집을 떠나 있으면 누구에게도 방해되는 일은 없겠지.

좀 더 오래 같이 있을 수 있도록 10월에 오게나. 자네도 그쯤 방문할 예정이라고 지난번 편지에 썼었지. 이곳 날씨는 매우 좋네. 그러니 혹시라도 마음을 바꿀 생각은 하지 말게. 잘 지내게. 악수를 청하며.

양파가 있는 정물
1889년, 캔버스에 유채, 49.5×64.4cm.

    솔직히 말해서 11월에 이곳을 떠날 준비가 조금도 되어 있지 않네. 그래서 급한 대로 브라반트 어디쯤 해안 지방에 머물 계획을 세웠네.

    실은 초겨울에서 성탄절 즈음까지 이곳에 머물곤 한다는 손님 이야기를 듣고 내 쪽에서 선수를 쳤네. 그래서 계획에도 없는 여행 이야기를 꺼냈던 거지. 이곳을 떠날 필요가 없었다면 여행은 생각조차 안 했을 걸세.

1884년 9월

1884

수상 소식

라파르트에게

런던에서 은메달을 수상했다니 진심으로 축하하네. 자네에게 상을 안긴 유화 〈실 잣는 여인〉에 대해 최근까지 되풀이했던 내 말에 스스로 흐뭇해지는군. "〈실 잣는 여인〉의 색 배합은 내가 본 자네의 모든 작품 가운데 가장 안정적이고 훌륭하다"고 내가 말하지 않았던가.

어두운 계열의 색깔로 작품을 시작해 최대한 그 상태를 유지하는 기법은 독창적이네. 〈실 잣는 여인〉을 작업할 때 자네가 쓴 기법이지. 지난 금요일에 내가 또 한 번 말했지. "이 작품은 놀라운 미덕을 가지고 있다"고.

자네의 방문은 내게 좋은 추억으로 남아 있네. 이곳에 오면 올수록 자네는 자연에 더 많은 호감을 갖게 될 걸세.

자네가 떠난 뒤 〈물레방아〉를 작업했네. 기억할지 모르겠네만, 역 근처 작은 카페에서 자네에게 조언을 부탁한 바로 그 주제일세.

모델이 된 물레방아는 우리가 함께 보러 갔던 두 개의 다른 물레방아와 거의 비슷하다네. 다른 점이라면 빨간 지붕 두 개를 인 데다 미루나무에 둘러싸여 있다는 정도랄까? 가을엔 더 멋

있을 걸세.

동생 테오가 성신강림 대축일 부활절로부터 일곱 번째 일요일에 이곳에 올 걸세. 잠시 파리를 벗어나볼 요량으로 축제 기간에만 머무를 예정이라더군. 자네의 수상 소식을 들으면 테오도 무척 기뻐할 걸세.

안녕히. 곧 장문의 편지를 보내겠네. 신의를 다하며.

1884년 11월

➤ 얼음이 꽤 단단히 얼었지만 여전히 야외 작업에 매달리고 있다. 에인트호번 너머 헤넙에 있는 오래된 물레방아를 소재로 1미터가 넘는 비교적 큰 대작을 준비하고 있다. 작품의 마무리도 야외에서 하고 싶지만, 이번이 올해 마지막 야외 작업일 듯하다. (테오에게 보내는 편지에서, 1884년 11월)

CHAPTER 5

시들한 우정보다는
결별을

1885

✳ 어떤 조짐

라파르트에게

방금 자네 편지 받았네. 놀라움을 금할 수 없군. 편지를 돌려보내네. 안녕히.

1885년 5월 24일

✳ 돌려보낸 편지

친구에게

짤막한 소식 반가웠네. 비록 바라던 내용은 아니었지만.

부친께서 돌아가셨다는 소식은 너무도 뜻밖이었네. 좀 더 자세하게 사정을 알아보느라 많은 시간이 걸렸고, 그만큼 궁금했네. 신문을 늘 대충 읽고 자잘한 기사에는 전혀 주의를 기울이지 않는 터라 《헷 뉴스 반덴 닥》의 알림란도 그냥 지나쳐버렸던 모양이네. 어쨌든 공식적인 부고 통지서를 받자마자 《쿠랑》에서 이미 소식을 읽은 친구를 찾아가 보다 자세한 이야기를 전해들

훈제 청어

1886년, 캔버스에 유채, 45.6×38cm.

었네.

내가 자네 아버지와 가족에게 너무 무관심하다고 생각했나? 그토록 애통한 사연을 알리는데 어떻게 내게 예의를 갖춘 서식 한 장 보내는 것으로 그칠 수 있나? 내가 자네 가족 일에 무관심하다고 생각했다면 자넨 완전히 실수한 거네.

방금 받은 자네 작품에 대해 말해보겠네.

이런 유의 작업은 진지하지 못하네. 자네에게는 더 훌륭히 해낼 능력이 있네. 그런데도 왜 모든 것을 이다지도 피상적으로 바라보고 처리했나? 왜 움직임을 연구하지 않았지? 지금 상태로는 그저 포즈에 지나지 않네. 뒷배경에 있는 여인의 작고 예쁘장한 손에선 도무지 진실이라곤 찾아볼 수 없네! 커피포트와 탁자, 그리고 냄비 손잡이 위의 손들은 대체 무슨 관계가 있나? 냄비도 마찬가질세. 놓인 것도 아니고 들린 것도 아니고, 도대체 뭔가? 오른쪽 남자는 무릎, 배, 허파가 있으면 안 되는 이유라도 있나? 아니면 그가 등뒤에 감추기라도 했나? 왜 그의 팔은 그토록 짧은가? 코는 왜 반쪽만 있어야 하지? 왼쪽의 여인에게는 무슨 이유로 코 대신 파이프 담배와 주사위를 쥐어줬나?

이런 작업을 하면서 어떻게 감히 밀레와 브르통의 이름을 내세울 수 있나! 잘 듣게! 예술은 이따위로 안일하게 다루어지기에는 너무도 숭고하다네. 안녕히. 여전한 자네의 친구.

위트레흐트, 1885년 5월 24일

앞의 편지는 고흐가 라파르트에게 되돌려 보낸 것이다. 이 편지로 고흐와 라파르트의 우정에 금이 가기 시작했다.

*

받아들일 수 없는 조언

라파르트에게

좀 더 상세하고 명확한 설명을 위해 자네에게 다시 편지를 쓰네. 다짜고짜 편지를 돌려보낸 이유는 두 가지네. 둘 중 어느 하나만으로도 내 행동의 동기가 되기에는 충분했네.

첫째, 내 석판화에 대한 자네의 지적이 정확하다고 치세. 그렇다고 자네에게 다른 작품까지 비난할 권리는 없네. 좀 더 정확히 말해, 그처럼 모욕적인 방식으로 내 작품들을 불문에 부칠 권리는 없네.

둘째, 그동안 나뿐 아니라 내 가족도 자네에게 우정을 표시해왔네. 자네에게서는 좀처럼 보기 힘든 우정이었지. 따라서 내 아버지의 사망 소식을 부고 통지서가 아닌 다른 무엇으로 받아보았어야 한다고 주장할 권리 또한 자네에게는 없네. 더군다나 아버지가 돌아가시기 전에 보낸 내 편지에 대해 자네는 답장조차 하지 않았네. 자네가 어머니에게 위로 편지를 보내왔을 때,

1885

232

황혼의 산책

1890년, 캔버스에 유채, 52×47cm.

우리 가족은 모두 의아하게 생각했네. 나로서는 바라지도 않았고 지금도 그렇지만, 편지를 내 앞으로 보내지 않은 이유를 다들 궁금해했지.

알다시피 지난 몇 년 동안 나는 가족들과 그리 잘 지내지 못했네. 그래도 어쨌든 아버지가 돌아가시자 가까운 친척들에게 편지를 써야 했지. 하지만 막상 그들이 왔을 때 나는 모습을 감춰야 했네. 때문에 경우에 따라 편지를 보내지 못한 책임은 내가 아니라 내 가족에게 있다고 해야 할 걸세. 이야기가 너무 길어졌군.

밀레가 문제였지. 좋네. 대답하겠네.

자네는 "밀레와 브르통을 '감히' 언급했다"고 했네. 내게 트집 잡고 시비 걸지는 말아주게. 나는 내 길을 갈 뿐이네. 누구에게도 싸움을 걸고 싶지 않네. 지금 이 순간 자네에게도 마찬가지네. 옳다고 생각하는 바를 말하게. 자네가 그런 유의 또 다른 표현을 쓴다 해도 나로선 전혀 관심이 없네.

다만 내가 하고 싶은 말은, 자네는 내가 인물의 형태를 고민하지 않을 뿐 아니라 그러한 지적에 대해 항변할 자격조차 없다고 말했지만, 그토록 근거 없는 단정을 내릴 자격이 자네에게도 역시 없다는 점이네. 자네는 수년간 나를 알고 지냈네. 가난한 화가에겐 너무도 부담스러운 돈을 들여가며 어렵사리 모델화를 그리는 나를 줄곧 지켜봐왔지.

이전과는 달리 최근의 자네 편지에는 '기술'에 대한 언급이 전혀 없었네. 그것은 나를 지치게 했고, 자네로부터 답장을 받지 못한 편지를 쓰게 한 원인이 되기도 했네. 다시 한번 말하겠네. 기술이라는 단어의 진정한 의미와 점점 더 많은 사람이 거기에 부가하는 관습적인 의미를 비교해보게.

예컨대 사람들은 하베르만이 많은 기술을 가지고 있다고 말하네. 자네 또한 마찬가지지. 하지만 하베르만만 있는 건 아니네. 기술로 치면 프랑스 작가 자케 역시 최고 가운데 한 사람이지. 간단히 말해, 아카데미의 용법에 따라 획일적이고 가장된 붓 터치로 인물을 데생하는 일은 현대 회화예술이 요구하는 바에 전혀 맞지 않네.

하베르만이 많은 기술을 가지고 있다고 말하는 대신, 그는 자신의 '직업'을 잘 알고 있다고 말하게. 이유를 들으면 더 잘 이해가 될 걸세. 만약 부인이나 젊은 여자의 아름다운 머리를 그려야 한다면 하베르만은 누구보다도 잘해낼 걸세. 하지만 그 앞에 농부를 세운다고 가정해보세. 그는 아마 붓조차도 들지 못할 걸세.

내가 아는 한 그의 예술은 느낄 필요가 없는 주제에 아주 적합하네. 그의 주제는 밀레나 레르미트의 것과는 거의 대립되며, 카바넬과는 꽤 흡사하지. 백번 양보해서 기술을 '직업적인 지식'이라 한다 치세. 그렇다 할지라도 하베르만과 카바넬은 진보에 유용한 어떤 것도 만들어내지 못했네.

우리는 기술이라는 단어를 너무나 자주 관습적인 의미로 쓰

푸른 옷을 입은 여인의 초상

1885년, 캔버스에 유채, 46×38.5cm.

눈 덮인 뉘넌의 오래된 묘지 탑
1885년, 캔버스에 유채, 30×41.5cm.

고 있네. 게다가 너무나 자주 악의적으로 사용하기도 하지.

사람들은 이탈리아와 스페인 화가들의 기술을 찬양하네. 하지만 내가 보기엔 그들이야말로 가장 관습적이며, 누구보다도 더 '인습'에 얽매여 있네.

나와의 관계를 끝내도록 부추기는 진짜 이유가 무엇인지 묻고 싶네.

솔직히 자네에게 편지를 쓰는 것은 밀레와 브르통, 그리고 농부와 대중의 모습을 담아내는 자네를 포함한 모든 화가에 대한 나의 애정 때문이네. 자네에게서 좋은 친구의 모습을 보았었노라고 말하지 않겠네. 자네는 친구로서의 가치가 전혀 없는 사람이네.

이렇게 말하는 나를 원망하지 말게. 정말이지 자네가 보여준 우정만큼 메마른 우정이 세상에 또 있을까 싶네. 하지만 지금 그것을 탓하려는 건 아니네. 그런 우정은 보완될 수도 있다고 생각하네.

모델을 구하느라 애태우곤 했던 나는 다른 화가들의 어려움을 외면할 만큼 그렇게 인색하지는 않네. 오히려 이곳을 찾아오는 어떤 화가든 기꺼이 집에 초대해 도와주고 싶은 심정이지.

준비된 모델을 찾는 일만큼 타지에서 잠시 머물 곳을 구하는 일 역시 누구에게나 늘 그리 쉬운 것이 아니네. 그래서 하는 말인데, 그림 그리러 이곳에 오고 싶다면 행여라도 우리의 말다툼 때문에 꺼릴 필요는 전혀 없네. 언제든 와서 전처럼 우리 집에 짐을 풀어도 되네. 물론 집을 떠나 아틀리에에 혼자 있는 내가 할 말은 아닐지 모르겠네만.

모욕을 참고 견디는 일에 너무나 익숙해져서 웬만한 것은 이제 더 이상 상처가 되지 않네. 자네의 편지 앞에서도 담담했듯이 나는 누구도 상상할 수 없을 만큼 잘 견딘다네. 물론 그렇게 말뚝처럼 둔감하지만 원한을 품지는 않네.

한 사람의 화가로서 자네 작업에 도움이 되리라 싶어 다시 한번 분명히 말하겠네. 우리 사이에 변한 것이라곤 아무것도 없네. 주제를 찾아 이곳에 오고 싶을 때는 언제든 오게. 그리고 예전처럼 우리 집에 머물게나. 자네가 편히 있을 만한 다른 곳을

1 8 8 5

찾는다 해도 상관은 없네. 그렇다면 작별을 고해야겠지. 작업에 대해 일언반구도 없으니 나 역시 내 작업에 대해 말하지 않겠네.

제발 밀레에 대해서는 시비 걸지 말아주게. 토론은 인정하지만 논쟁은 거부하네. 안녕히.

1885년 7월 6일

> ▶ 방금 라파르트에게 편지를 썼다. 그가 한 말을 무조건 취소하라고 요구했다. 작업에 최선을 다하기 위해서다. 서로 싸우는 일 말고 진정으로 해야 할 다른 일이 있다고, 농부와 대중을 화폭에 담는 화가들이 서로의 노력을 한데 묶어야 할 때라고 말했다. 단결만이 힘을 발휘하기 때문이다.
> 혼자서는 아무 일도 할 수 없지만, 하나로 뭉친 조직은 무엇이든 해낼 수 있다. (테오에게 보내는 편지에서, 1885년 7월 15일 이전)

✸

화가로서의 열망

라파르트에게

방금 자네 편지 받았네. 딱딱하고 산만하기 짝이 없더군. 자네가 좋은 작업을 하고 있는 건 사실이네. 그렇다고 자네가 늘 옳다거나, 자네 방식과 기법만이 훌륭하고 정직한 결과를 가져온다고 말하는 건 아니네. 자네와 많은 이야기를 나누고 싶지만, 충고를 바라는 사람의 태도에 관해서는 전혀 아닐세.

점점 더 악화되고 있군. 과연 누가 진정한 자의식을 가지고 있나? 모든 사람들, 아니 나부터 자신에 대해 보다 많이 알 필요가 있네. 자신의 좋은 성향과 나쁜 성향에 대해서 말이지. 스스로가 알고 있는 자기 자신이 절대로 틀리지 않다고 믿지는 말게. 누군가를 피상적으로 판단해 부당하고 잔인하게 공격한 적이 한 번도 없다고 생각하지 말게. 모든 사람이 그럴 수 있네. 하지만 서로 이해하려고 노력해야 하네.

이런 이야기를 하는 것이 안타깝고 두렵지만, 어쨌든 자네에 대한 내 생각을 분명하고 숨김없이 말해보겠네.

오래전부터 자네를 알아왔네. 이전의 자네는 훨씬 덜 메마르고, 더 진지하며, 정중하고, 도량 있고, 곧으며, 정확한 사람이었지. 그러나 내가 아는 지금의 자네는 아카데미에 출입하는 엄청나게 현학적인 사람일 뿐이네.

자네의 변화가 안타깝네. 또한 훌륭했던 친구 하나를 잃었다는 사실이 나로서는 무엇보다 더 애석할 뿐이네.

자네의 작업 역시 이전보다 덜 대범하고, 덜 진지하며, 덜 정교해진 것은 아닌가? 자네의 작업이 가장 숭고한 그 어떤 정수를 잃어버리지는 않을까 걱정스럽네.

내 결점이 무엇이든 나는 화가로서의 열망을 실현하려는 열

1885

회색 펠트 모자를 쓴 자화상

1887년, 면에 유채, 44.5×37.2cm.

의로 가득 차 있네. 그리고 진심으로 선량하게 살아가려 노력하고 있지. 자네, 내가 경솔하게 작업한다고 비난했었지? 그러기에는 나는 너무 많은 열정을 품고 있네. 자네의 편지 때문에 고민하지 않겠네. 내게는 나를 알게 해줄 사람이 필요하다고 했던가? 그럴 수도 있겠지. 하지만 내가 나 자신을 스스로 깨쳐갈 수도 있을 걸세. 어쨌든 자네처럼 난폭하게 비난해대는 사람들 없이도 나는 내 삶을 잘 꾸려나갈 수 있을 걸세.

잘 지내게. 자네의 편지에 타당한 부분이 아주 없진 않지만 전체적으로는 공정하지 못하네.

자네 작업에 대해서는 한마디도 이야기하지 않았더군. 나도 내 작업에 대해 말하지 않겠네.

1885년 7월 21일

✳

시들한 우정보다는 결별을

라파르트에게

벤케바흐와 이야기를 나눴네. 이미 자네의 귀띔이 있었던 모양인지, 우리 사이에 벌어진 일을 그도 웬만큼은 알고 있더군. 자세히는 아니지만 나도 한마디했네. 그 일은 오해에서 빚어진 것

감자가 있는 정물

1889년, 캔버스에 유채, 39.5×47.5cm.

으로 생각하고 싶다고.

　이따금 내가 일을 서툴게 처리한다는 자네의 지적은 기꺼이 받아들이지만, 내 작품에 대한 비난만은 전혀 인정할 수 없다고도 덧붙였네. 형태와 안정감을 살리려고 작품 속 인물들에 변화를 주었는데, 전에는 고른 선으로 그린 탓에 때때로 입체감이 부족했노라고 말했지. 그런 기법이 점점 더 재미없게 보이더군.

　이번 같은 불쾌한 일을 몇 년 전부터 여러 차례 겪어야 했네. 내겐 경멸받을 이유가 없다고 항변하면 사람들은 더 심하게

압생트가 있는 카페 테이블

1887년, 캔버스에 유채, 46.3×33.2cm.

나를 몰아치며 아예 말조차 들으려 하지 않았지. 부모님과 가족들, 테르스테이흐, 구필 화랑에서 일할 때 알았던 많은 사람이 내 모든 행동을 무섭도록 비난했네. 결국 2~3년의 세월이 흐르는 동안 나는 사람들을 설득하느라 시간을 낭비하는 대신 그들로부터 완전히 등을 돌렸네. 그들이 옳다고 여기는 바를 마음대로 말하도록 내버려두었지. 그리고 더 이상은 그들 때문에 고민하지 않았네. 하지만 이번만은 내 주장을 끝까지 꺾지 않겠네.

자네와의 다툼을 오래 끌고 싶은 생각은 없네. 시들한 우정은 원하지 않아. 진심 어린 우정이 아니라면 차라리 끝내는 편이 낫네!

마지막으로 말하겠네. 내가 돌려보낸 편지부터 최근 것까지 자네의 편지 내용을 모두 철회하게. 그러면 우리의 우정은 비 온 뒤 굳어진 땅처럼 더 단단해지고, 더 곧은 길을 걷게 될 걸세.

아버지가 돌아가실 무렵에 생긴 가족과의 오해는 오래 이어질 것 같네. 우리가 서로 화합하기에는 어떤 일을 바라보는 방식이나 삶의 태도가 너무도 다르다고 그들에게 간단명료하게 밝혔네. 전적으로 나 자신의 생각대로, 나 자신을 위해서 살고 싶다고도 말했지.

내 몫의 상속분은 포기했네. 최근 몇 년간 아버지와 심각한 불화 상태에 있었던 만큼 상속을 받고 싶지도, 그의 재산을 사용하고 싶지도 않네. 그 문제에 대한 내 태도가 아마도 가족과의 또 다른 불화에 종지부를 찍게 하리라는 점 이해할 걸세. 그들과는 그렇게 끝내고 나머지 사람들과는 좋은 관계를 유지할 생각이네.

극단적인 해결책에 호소한다 해서 자네의 비난을 인정하는 것으로 받아들이지는 말게. 물론 자네와의 화해를 진심으로 원하고 있지만, 그전에 이미 말한 조건을 다시 한번 강조하고 싶네. 부분적으로는 정당하다 해도 자네의 편지 내용을 무조건 철회하게. 안녕히.

1885년 7월 21일

*

마지막 통고

라파르트에게

애석하게도 아직 자네 답장을 받지 못했네. 다시 생각해봐도 자네와의 관계를 매듭짓는 일은 그리 어렵지 않네. 자네의 경솔한 편지를 철회하면 되는 일이니 말일세. 다시 한번 말하겠네. 자네가 잘못을 인정한다면 그간의 일을 오해라 여기고 우리의 우정을 이어가고 싶네.

절대로 이 문제를 흐지부지한 상태로 남겨두고 싶지 않네. 이번 주 안에 꼭 답장 주길 바라네. 자네 편지에 따라서 내 입장

밀단과 떠오르는 달이 있는 풍경
1889년, 캔버스에 유채, 72×91.3cm.

을 결정하지.

　이번 주에도 답장이 없다면 더 이상은 대답을 기다리지 않겠네. 내 작품과 인품에 대한 자네의 지적에 정당한 이유가 있었는지, 또 그것이 진심이었는지의 여부는 시간이 말해주겠지. 안녕히.

1885년 9월

화해

라파르트에게

방금 자네의 크로키와 편지를 받았네. 크로키의 주제가 참으로 아름답더군. 작품의 '조화' 면에서 덧붙일 말이 없네.

한 가지 세부적인 부분을 지적해도 되겠나? 완성된 작품이라면 그럴 필요도 없겠지. 수정하기가 어려울 테니까. 하지만 지금 상태에서 선과 상관없는 수정은 효과를 볼 수 있다고 생각하네. 화폭 중앙의 갈퀴삽을 든 여인은 자리를 아주 잘 잡았네. 그러나 흙을 긁어 고르는 행위가 중심인물인 그녀에게는 좀 부차적인 듯싶군. 그래서 하는 말인데, 전면에 그려진 인물에게 돌을 들려주는 건 어떻겠나? 돌을 드는 행위는 매우 표현력 있는 동시에 전체적인 조화 면에서도 독특한 특징을 보여줄 수 있지. 대신에 그녀가 든 갈퀴삽은 차라리 돌을 든, 뒷면의 또 다른 인물 손에 쥐여주면 좋겠네.

작품의 역동성을 그대로 살리면서 수정해볼 수 있겠나? 그러고 싶지 않다면 이건 어떤가? 인물의 선 자세보다 좀 더 흥미로운 움직임을 상상해볼 수는 없을까?

섭섭하게 생각하지는 말게. 그런 부분에 자네의 주의를 요하는 일이 그리 큰 잘못인 것 같지는 않네. 어쨌든 아직은 밑그림

1885

붓꽃

1890년, 캔버스에 유채, 92.7×73.9cm.

단계의 작품이니까. 내 생각을 강요한다고는 여기지 말게.

행위가 표현력을 갖는다는 건 매우 중요하네. 물론 그러기 위해서는 많은 노력이 필요하네. 한마디 덧붙이자면, 이 경우에는 선과 선들의 조화가 지배적일 수 있네.

내 유화 〈감자 먹는 사람들〉은 자네에게 이미 석판화용 습작화로 보여준 적이 있네. 이 작품을 그리는 내내 작은 램프만을 켠 누추한 초가집의 독특한 조명에 심취한 가운데 마음먹은 주제를 표현하려고 애썼네. 색 배합이 너무 어두워 흰 종이 위에 옮겨진 밝은 색조들이 마치 잉크 얼룩과도 같았네. 일반적으로 밝은 색조들은 어두운색과 균형을 이루어 환하게 보이지. 그래서 나는 실제로는 섞지 않은 감청색을 칠했네.

색채에 주의를 집중하느라 몸통 형태를 제대로 표현하지 못했네. 이 부분은 나도 반성하고 있지. 하지만 머리와 손은 매우 정성스럽게 그렸네. 가장 중요한 세부 묘사인 데다 나머지는 거의 검은색에 가까웠거든. 어쨌든 결과적으로 유화는 석판화와는 완전히 다른 효과를 보여주고 있네. 게다가 그것의 데생도 아직 보관 중인 최초의 크로키만큼이나 석판화용 습작화와는 다르네.

자네가 이곳에 머물다 간 뒤로 얼굴 몇몇과 삽질하는 사람, 풀 뽑는 여인, 수확하는 여인, 그리고 농부들의 모습을 그렸네. 그러면서 직간접적으로 아주 중요한 문제에 집중했지. 바로 색채, 보다 정확히 말하면 색채의 배합 문제였네. 빨강과 초록, 파

1885

250

술 마시는 사람들
1890년, 캔버스에 유채, 59.4×73.4cm.

랑과 주황, 노랑과 보라 같은 이른바 보색들의 불변하는 결합과
상호 작용에 주의를 기울였지. 자연은 '밝음과 어두움'만큼이나
보색의 아름다움을 갖추고 있네.

나를 사로잡는 또 다른 문제가 있지. 다름 아닌 형태, 돋을
새김, 굵은 선, 덩어리 표현 등이네. 이 경우 최후의 관심거리가
되는 것은 바로 윤곽선이네. 채색한 작은 크로키 두 점을 동봉
하네. 최근에는 작은 크기의 작업을 주로 하고 있네.

줄곧 농부들에게 관심을 기울이고 있기 때문에 매일 풍경화
를 그려야만 하네. 벤케바흐가 여기 왔을 때 작은 초가집 몇 개

프로방스의 추수

1888년, 캔버스에 유채, 51×60cm.

를 그렸네.

레르미트의 대작 넉 점을 제외하면 목판화에 대해서는 그다지 새로운 이야깃거리가 없네. 모든 의미에서 레르미트는 제2의 밀레라고 할 만하지. 밀레에게만큼 그의 작품에도 열광하고 있네. 내가 보기에 그의 천재성은 밀레와 거의 대등하네.

동생 테오가 이곳에 왔다 갔네. 파리에서 있었던 많은 일들을 들려주더군. 들라크루아의 전시회가 성공했다는 소식은 특히 기뻤네. 인물화가인 라파엘리, 채색 풍경화가인 모네에 관한 이야기도 흥미로웠고.

그러나 자네도 알다시피 지금은 화가들에게 금의 시대라기보다 철의 시대일세. 어려움에 대항하는 일은 그리 쉽지 않지. 적어도 나는 빈곤에 대해서만큼은 무방비 상태일세. 하지만 어떤 어려움 속에서도 내가 가진 용기와 힘은 꺾이기는커녕 더욱 더 굳건해질 뿐이네. 완전히 낙담할 지경까지 나를 비판해야 한다고 생각하는 사람이 유일하게 자네만 있는 것은 아니네. 비판당하는 일은 거의 내 숙명이나 마찬가지지. 그 많은 비판에 더 잘 대항하기 위해서라도 나는 내 예술가적 열망이 '존재 이유'에 있다는 신념을 자랑스럽게 내보이겠네.

나에 대한 비판을 무조건 철회하라고 요구했던 것은 마치 폭군처럼 자네 의견을 무시하고 지워버리기 위해서가 아니네. 자네는 그렇게 생각했을지 모르지만, 그건 내 의도와는 전혀 다른 오해네.

내 석판화뿐 아니라 다른 많은 작품에도 틀림없이 결점들이 있을 걸세. 하지만 그 결점들을 나 스스로도 알고 있음을 작품 속에서 충분히 증명하려 하네. 내 목적과 열망은 다름 아닌 '농민의 집에서, 농민과 함께 있는 농민'을 그리는 것이네.

내 작품이 '전체적으로' 매우 무기력하다고 했던가. 모든 면에서 장점보다 결점이 많다고 주장했지. 하지만 나는 내 작품과 사고에 대한 자네의 총평을 결코 인정할 수 없네.

농부를 그리는 일은 매우 힘든 작업이네. '무기력'한 사람들은 손도 못 댈 만큼 힘들지. 그러나 적어도 나는 도전하고 있고, 기초를 세우기는 했네. 기초라고 해서 작업 중 가장 쉬운 부분을 가리키는 것은 아니네. 때때로 나는 본질적이며 유용한 세부를 데생하고 채색함으로써 그것들을 잡아냈네. 자네가 생각하는 것보다 훨씬 본질적인 부분이지.

나는 항상 내가 할 줄 모르는 것을 시도하네. 배우기 위해서지. 이 주제를 더 이야기하면 자네도 나도 지겨워질 것 같군. 다만 농부와 대중을 그리는 작업은 힘들다는 것, 그리고 그런 작업을 하는 화가들은 가능한 한 협력해서 행동해야 한다는 말만은 꼭 하고 싶네. 단결은 힘을 만들지. 서로 싸워서 좋을 건 없네. 밀레와 앞 세대의 선구자들이 지키려 했던 사고의 진보를 방해하는 자들을 거역해야 하네. 뜻을 같이하는 화가들끼리의 반목보다 더 치명적이고 어리석은 일은 없네.

자네와 나의 다툼이 끝나야 했던 이유도 실은 우리가 같은

1885

봄 낚시, 클리시 다리 (아스니에르)
1887년, 캔버스에 유채, 50.5×60cm.

목적을 향해 나아가고 있기 때문이네. 비록 자네의 예술가적 열망과 내 열망이 똑같지는 않지만, 완전히 대립된다기보다는 서로 비슷하다고 할 수 있지. 우리에게는 대중의 마음속에서 작업의 주제를 찾는다는 공통점이 있네. 그것이 목적이든 수단이든 생생한 현실 속에서 습작해야 할 필요성 또한 똑같이 느끼고 있지. 기술에 대한 견해에서도 우리가 '근본적'으로 대립한다고는 생각하지 않네. 물론 자네가 나보다 박식하다는 점은 인정하네. 그러나 자네는 종종 너무 멀리 나아가네.

테오의 아파트에서 바라본 풍경

1887년, 캔버스에 유채, 45.9×38.1cm.

기술에 대해서는 많은 비법을 찾고 있는 중이네. 이미 몇 가지는 발견했지만, 아직 모르는 숱한 비법들이 더 남아 있겠지. 어쨌든 나는 내 방식대로 작업하고 싶네. 그리고 내 작업은 무엇보다 끊임없는 노력과 탄탄한 기초에 바탕을 두고 있네.

우리의 데생이나 유화 가운데 자네가 원하고 내가 편하게 추천하는 한 작품을 생각해보세. 색과 색조만큼이나 데생의 측면에서도 사실주의자라면 범하지 않을 과오가 발견될 걸세. 바로 부인할 수 없는 비정확성이지.

하지만 내 작품에서 사람들이 계속해서 잘못을 발견한다 해도, 그래서 비판의 눈으로 작품을 바라본다 해도 그것에는 그 나름의 고유한 '존재 이유'가 있을 걸세. 작품의 정신과 개성을 평가할 줄 아는 사람이라면 과오보다는 거기에 더 가치를 두겠지. 나는 다른 사람의 말 때문에 고민하기에는 내가 추구하는 목적을 너무나 잘 알고 있네. 또한 내가 느낀 바를 그리고 그린 것을 느낄 때, 무엇보다도 '내 길'을 제대로 찾아가고 있음을 확신하게 되네. 내 모든 결점에도 불구하고 사람들이 상상하는 만큼 그렇게 쉽게 나를 현혹하지는 못할 걸세.

때때로 사람들의 태도와 말들이 내 삶을 피곤하게 만들기는 하지. 훗날 어떤 이들은 말과 반감과 무관심으로 나를 괴롭힌 걸 충분히 후회하게 될 걸세. 그들의 공격에서 벗어나기 위해 지금 나는 고독하게 살고 있네. 작업 때문에 직접적으로 볼 일이 있는 농부들을 제외하고는 말 그대로 누구도 보지 않고 지내지.

지금의 생활방식이 만족스럽네. '교양 있는 사람'임을 자처하는 사람들이 떠벌리는 말을 더 이상 듣고 싶지 않다면 아틀리에를 떠나 농민들이 사는 초가집에 둥지를 트는 것도 꽤 좋을 것 같네.

진지하게 말하는데, 우리는 친구로 남을 수 있네. 자네에게는 대중의 영혼 속으로 깊숙이 파고들며 그것을 쉽게 단념하지 않는 의지가 있네. 나는 자네의 그러한 경향을 높이 평가하지. 우리는 분명 서로에게 이롭고 의지가 될 수 있을 걸세. 관습을 추종하지 않는다면 자네는 보다 꾸밈없는 작품으로 세상에 알려지게 될 것이고, 그러한 작품을 통한 투쟁은 대세를 거역하는 꿋꿋하고도 진솔한 경향을 확실히 보여줄 수 있기 때문이네. 많은 화가가 힘을 모아 행동한다면 더 좋겠지. 서로의 작품을 봐가면서 관점을 교환하는 일은 결코 나쁘지 않다고 생각하네.

잘 지내게. 자네 작품 중앙에 자리 잡은 여인의 움직임에 대한 내 지적을 잊지 말게. 작품은 매우 지적이고 전체적인 기획 역시 훌륭하네. 벤케바흐를 만나게 되면 내가 한 많은 이야기를 전해주게나.

크로키는 내가 인물에게 움직임, 즉 무언가를 하고 있다는 느낌을 불어넣으려 애쓴 흔적을 보여줄 걸세. 자네 작품에선 적어도 인물이 몸을 굽히고 있다는 게 좋아 보이네. 많은 수직선을 사용해서는 작업이 최고 수준에 이르렀다고 말하기 어렵지.

1885년 9월

1885

258

> ▸ 어제 라파르트의 편지를 받았다. 우리의 불화는 완전히 해소되었다. (테오에게 보내는 편지에서)

✳

아카데미에서는 배울 수 없는 진실

라파르트에게

오늘 자네 주소로 새 둥지가 담긴 바구니를 보냈네. 아틀리에에 아직 많은 새 둥지가 있네. 개똥지빠귀, 티티새, 노랑꾀꼬리, 굴뚝새, 방울새의 둥우리지. 그 가운데 두 개 있는 것은 자네에게 보내줌세.

들라크루아 소식은 자주 듣고 있나? 실베스터가 쓴 그에 관한 훌륭한 기사를 읽었네. 기억나는 대로 몇 부분을 인용해보겠네.

위대한 화가 외젠 들라크루아는 미소 띤 얼굴로 이렇게 세상과 작별했다. 그는 머리에는 태양을, 가슴에는 폭풍우를 품고 있었다. 그는 전사戰士에서 성인聖人으로, 성인에서 연인으로, 연인에서 호랑이로, 그리고 호랑이에서 꽃으로 거듭났다.

이 글은 나를 감동시켰네. 기사는 그의 전 작품에서 색계色階, 색조, 색의 기운이 모두 하나를 이룸을 보여주고 있네. 그의 색채에는 흰색과 검정, 노랑과 보라, 주황과 파랑, 빨강과 초록의 대조, 배합 그리고 상호작용이 묻어 있다네.

기사 후반부에는 들라크루아가 한 친구에게 보낸 편지가 소개되었네. "내가 피에타(성모 마리아가 십자가에서 내려진 그리스도를 무릎 위에 안은 그림이나 조상)를 그렸던 성당은 너무도 어두워 어떻게 내 그림이 무언가를 보여줄 수 있을지 난감했네. 그래서 그리스도의 시신에 어두운 감청색과 크롬빛 노랑색을 쓸 수밖에 없었지." 실베스터는 "이런 대담한 작품은 들라크루아만이 그릴 수 있다"고 덧붙이고 있네.

그뿐 아니라 또 다른 부분에서 그는 "작업할 때 들라크루아는 마치 고깃덩어리를 삼키는 사자와도 같았다"고 말하고 있네. 간단히 말하면, 바로 이것이 기사를 쓴 실베스터가 우리에게 전하고자 하는 내용이지.

이 천재적인 프랑스의 거장들! 밀레, 들라크루아, 코로, 도비니, 루소, 도미에, 자크, 쥘 뒤프레를 잊어서는 안 되네. 소장파에 속하는 레르미트 역시 마찬가지지. 실베스터는 쓰고 있네. "사람들은 들라크루아는 그림을 그리지 않는다고 말한다. 하지만 보다 정확하게는 들라크루아는 다른 화가들처럼 그리지 않는다고 말해야 한다."

한 가지 에피소드가 있네. 화가 지루가 고대 청동품을 가지

1885

한 쌍의 연인 (프로방스의 목가)

1888년, 캔버스에 유채, 32.7×22.8cm.

새 둥지
1885년, 캔버스에 유채, 33.3×43.3cm.

고 들라크루아의 집에 갔네. 그러고는 들고 간 물건이 진품이냐고 물었지. 그랬더니 들라크루아는 "고대가 아니라 르네상스 시대의 작품이네"라고 대답했네. 그는 곧 이유를 설명했지. "잘 보게, 친구. 이것은 매우 아름다운 작품임이 분명하지만 선으로 표현되었네. 고대인들은 선이 아닌 덩어리와 중심으로 표현한다네. 자, 잘 보게나."

들라크루아는 계속해서 말하면서 종이 한 귀퉁이에 타원 몇 개를 그렸네. 그러고는 그것들을 보잘것없는 몇 개의 작은 선으로 연결해 뒷발로 일어서려는 한 마리의 말을 완성했지. 생명력

1 8 8 5

과 역동성으로 꿈틀대는 한 마리의 말.

제리코와 드 그루는 그리스인들로부터 '윤곽선'으로 달걀 모양의 덩어리를 표현하는 방법, 그리고 그 타원형의 비율과 위치에서 움직임을 끌어내는 법을 배웠다고 했네. 들라크루아에게 그리스인의 이 기법을 알려준 최초의 사람은 바로 제리코였으리라 단언하네.

여기에는 굉장한 진실이 숨겨져 있다고 생각하지 않나?

미술 아카데미에서 또는 석고 모델을 놓고 데생을 그리면서 그 진실을 배울 수 있으리라 생각하나? 그렇지 않네. 그와 같은 참된 가르침이 있다면 나 역시 기꺼이 미술 아카데미로 달려가 겠네. 하지만….

살롱에 관한 폴 망츠의 기사를 벤케바흐에게 보관하라고 했네. 자네를 만나면 건네주라고 부탁해두었는데, 받았나? 매우 훌륭한 글이더군.

자네 역시 새 둥지를 즐겁게 바라보리라 생각하네. 굴뚝새, 노랑꾀꼬리 같은 새들은 예술가 무리에 포함해도 손색이 없을 만큼 둥우리를 멋지게 짓는다네. 그것들은 정물화 모델로도 꽤 괜찮지.

안녕히. 악수를 청하며.

날짜 미상

➤ 새 둥지를 소재로 정물화 작업을 하고 있다. 작품 넉 점을 끝냈다.

자연을 잘 이해하는 사람들에게 즐거움을 줄 수 있으리라 생각한다.

이끼와 잎새, 마른 풀, 찰흙 등의 색깔. (테오에게 보내는 편지에서)

> ➤ 우리의 반목은 완전히 해소되었다. (테오에게 보내는 편지에서)

> ➤ 빈센트와 라파르트의 편지 왕래는 여기서 갑자기 중단된다.

1 8 8 5

빈센트 반 고흐
Vincent van Gogh

1853년 3월 30일, 네덜란드 브라반트 지방의 작은 마을 준데
르트에서 칼뱅교 목사의 장남으로 태어난다. 세 명의
백부가 있었는데, 모두 화상이었다.

1857년 5월 1일, 동생 테오가 태어난다. 테오는 고흐의 정신
적·물질적 지주로 일생을 지낸다.

1865년 프로빌의 기숙학교에 입학해 1869년까지 다닌다.

1869년 7월, 헤이그에 있는 구필 화랑에 취직, 얼마 후 브뤼셀
지점으로 옮긴다.

1872년 동생 테오와의 서신 왕래가 시작된다.

1873년 5월, 구필 화랑 런던 지점으로 옮긴다. 하숙집 딸에게

청혼했다가 거절당하고 정신적으로 타격을 받는다. 동생 테오가 고흐의 전 근무처인 구필 화랑 브뤼셀 지점에 취직한다.

1874년 파리를 여행한다.

1875년 5월, 파리 본점으로 옮겼으나 구필 화랑의 점원 및 고객들과 자주 싸움을 벌인다. 이때부터 성서를 탐독한다.

1876년 구필 화랑에서 해고되어 에턴의 부모 곁으로 돌아간다. 4월에 다시 영국으로 건너가 교사가 되었다가 7월에는 멘지스트파의 설교 조수가 되었으나 12월에 다시 에턴으로 돌아온다.

1877년 1월부터 4월까지 서점에 근무한다. 신앙심이 한층 돈독해져 목사가 되기로 결심하고 5월에 암스테르담으로 간다.

1878년 7월, 공부를 포기하고 에턴으로 돌아온다. 8월, 브뤼셀의 전도사 양성소에 들어가 석 달 동안 연수를 받았으나 연수 기간이 지나도 임명되지 않자 11월에 자비로 보리나주의 탄광지대로 간다.

1879년 1월, 여섯 달간 잠정적으로 임시 전도사로 임명된다. 탄광이 폭발하고 파업이 일어나자 부상자와 병자를 헌신적으로 돌본다. 이후 방랑 생활을 한다.

1880년 계속 방랑 생활을 하다가 화가 브르통을 방문하려 했으나 그만둔다. 생애 가장 어둡고 불안했던 시기인 이해 여름 화가가 될 것을 결심하고 데생 공부를 시작한다. 특히 광부 데생과 밀레 모사에 열중했고, 10월에는 브뤼셀에서 해부학, 원근법을 공부한다.

1881년 4월부터 연말까지 에턴의 부모 곁에서 지낸다. 사촌 케이에게 청혼했으나 거절당하고, 아버지와 상의 끝에 헤이그로 가서 조형화가 마우베의 지도를 받으며 제작에 착수한다.

1882년 1월, 임신한 매춘부 시엔을 알게 되어 20개월 동안 동거한다. 그녀를 모델로 〈슬픔〉을 그린다. 이때 화가 브라이트너, 바이센브루흐 등과 친하게 지낸다. 최초의 유화 작품을 제작한다.

1883년 시엔과 헤어지고 드렌터로 가서 퐁타벤에 머문다. 황무지와 석탄 구덩이의 작은 집, 마을과 일하는 농부 등을 그린다. 12월에 뉘넌의 가족에게로 돌아와 목사관 창고에 아틀리에를 마련하고, 그림 제작과 독서에 열중한다.

1884년 유화를 많이 그린다. 열 살 연상의 시골 여자 마르고트와 사랑에 빠져 결혼을 생각했으나 그녀 가족의 반대로 실패한다. 마르고트는 자살을 기도한다.

1885년 농민을 모델로 인물 습작에 몰두한다. 3월에 부친이 사망한다. 4~5월에 정물, 농부, 직조기계, 두부頭部 등을 습작하고, 〈감자 먹는 사람들〉〈농부의 얼굴〉을 제작한다. 11월에 안트베르펜으로 가서 아틀리에를 마련한다. 루벤스와 일본 판화를 처음으로 감상한다.

1886년 안트베르펜의 미술 아카데미에 입학했으나, 신경과민 증세가 점점 심해져 3월에 파리로 가서 테오와 함께 지낸다. 이때 고흐의 눈은 밝은 색채로 옮겨간다. 코르몽의 아틀리에에 들어가 로트레크, 베르나르와 사귀고 이따금 루브르박물관을 방문한다.

1887년 인상파 화가들과 많이 교류하고 그들로부터 영향을 받는다. 음주와 퇴폐적인 생활로 건강은 많이 해쳤지만,

술집에서 피사로, 드가, 쇠라, 시냐크, 고갱 등과 만나 일시 점묘파의 기법에 심취한다. 6월, 벵 화랑에서 본 일본 그림에 충격을 받아 색채는 점점 밝아지고 양식도 완전히 변한다. 파리 체재 중에 자화상, 정물화, 몽마르트르 풍경 등 200여 점의 작품을 남긴다. 여름에 〈레스토랑의 내부〉를 제작한다.

1888년 2월, 로트레크의 조언을 받아들여 돌연 파리를 떠나 아를로 간다. 노란색의 집을 빌려 거주하며 작품에 정열을 쏟는다. 3월, '예술가 공동체'를 입안하고, 동생 테오와 편지를 교환한다. 조형화가 마우베가 사망하자 〈꽃피는 나무, 마우베의 회상〉을 제작한다. 5월에 흰 아틀리에가 있는 노란 집으로 이사한다. 6월에 지중해 연안을 여행하고, 8월에 우체부 룰랭과 친교를 맺는다. 10월 20~25일 고갱과 같이 지냈으나, 그와 다툰 후 귀를 자르고 2주간 병원 생활을 한다.

1889년 1월에 퇴원하고 〈파이프를 물고 귀를 싸맨 자화상〉 〈양파가 있는 정물〉 〈자장가〉 등을 제작한다. 2월에 환각 증상을 일으켜 주민들의 고발로 3월 말까지 병원에 감금된다. 이후 시냐크를 방문한다. 4월에 동생 테오가 결혼한다. 그동안 고흐는 200점에 달하는 작품을 제작한다. 5월, 아를 근교의 정신병원에 자진해서 입원한다. 발작은 없었으며, 레이 박사의 진료를 받으며 자유롭게 지낸다. 7월, 세 번째 발작을 일으키고, 겨울 들어 다시 발작을 일으킨다.

1890년 1월, 동생 테오가 아들을 얻는다. 브뤼셀의 20인전에 출품한 〈붉은 포도밭〉이 400프랑에 팔렸는데, 이는 고흐가 살아 있을 당시 팔린 단 하나의 유화 작품이었다. 5월, 동생 테오를 만나기 위해 파리 방문길에 오른다. 그 사이에 〈아를 요양원〉 〈자화상〉 〈요양원 사람들의 초상〉 등 150여 점의 유화를 그리고, 밀레, 들라크루아, 도미에, 렘브란트, 도레 등의 작품 30여 점을 모사한다. 5월 21일 오베르를 방문해 의사 가셰와 친교를 맺는다. 7월, 파리에 수일 동안 머물면서 로트레크 등과 재회한다. 오베르로 돌아와 〈까마귀가 있는 밀밭〉 〈오베르쉬르우아즈 성당〉 등을 제작한다. 7월 27일 저녁 권총 자살을 기도한 뒤, 29일 파리에서 달려온 동생 테오가 지켜보는 가운데 향년 37세로 숨을 거둔다. '산다는 것, 그 자체가 인생의 고통이다'라는 유명한 말을 남긴다.

1891년 고흐가 죽은 지 6개월 후인 1월 25일 동생 테오도 정신

착란을 일으켜 위트레흐트의 병원에서 숨을 거두고, 오
베르에 있는 고흐의 묘 옆에 나란히 묻힌다.

{ 주요 인물 소개 }

귀스타브 쿠르베   Gustave Courbet, 1819~1877

프랑스 화가. 대표적인 사실주의자로, 19세기 미술계에 큰 영향을 끼쳤다.

레옹오귀스탱 레르미트   Léon-Augustin Lhermitte, 1844~1925

프랑스 화가. 쿠르베풍의 사실주의에 감상적인 느낌이 더해진 농민회화와
종교화를 그렸다.

게오르게스 에두아르 오토 잘   Georges Edouard Otto Saal, 1818~1870

독일 풍속화가, 풍경화가.

귀스타브 브리옹   Gustave Brion, 1824~1877

풍속화가.

구스타프 아돌프 윱트   Gustave Adolph Jundt, 1830~1884

독일 화가, 삽화가.

데이비드 에드윈   David Edwin, 1776~1814

미국 에칭조각가.

라이오넬 퍼시 스미스   Lionel Percy Smythe, 1839~1918

영국 풍경화가.

루크 필즈   Luke Fildes, 1843~1927

영국 초상화가이자 풍속화가. 1912년, 조지 왕의 초상화를 제작하기도 했다.

루트비히 크나우스   Ludwig Knaus, 1829~1920

독일 화가.

마리누스 복스   Marinus Boks, 1849~1885

풍경화가. 마우베와 야코프 모리스의 제자다.

버킷 포스터   Birket Forster, 1825~1899

영국 화가, 데생화가.

뱅자맹 보티에   Benjamin Vautier, 1829~1898

화가, 삽화가.

빌럼 마리스   Willem Maris, 1844~1910

네덜란드 풍경화가. 마리스 형제 중 막내로, 화가인 형 야코프, 마테이스의
영향을 받으며 성장했다. 그의 그림들은 현대적인 처리 방법, 매력적인 색채
와 정서를 보여준다.

샤를 드 그루   Charles De Groux, 1825~1870

벨기에 화가. 고전적인 기법으로 대중적인 광경을 그렸다. 앙리 드 그루의
아버지이기도 하다.

아돌프 멘첼   Adolf Menzel, 1815~1905

독일 화가, 데생화가.

아메데 리넨   Amédée Lynen, 1852~1938

벨기에 삽화가, 수채화가, 에칭조각가, 석판화가.

아돌프 아르츠   Adolph Artz, 1837~1890

이스라엘스의 제자로 1868년부터 1874년까지 파리에 머물며 모든 장르의
그림에 손댔고, 이후 네덜란드로 돌아와 선원 그림을 많이 그렸다.

안톤 마우베   Anton Mauve, 1838~1888

네덜란드 낭만파 화가. 주로 풍경화와 네덜란드의 시골 생활을 담은 그림을
그렸다. 그는 1870년경 헤이그에 정착해 가까운 어촌인 스헤베닝언에서 그
림을 그렸으며, 고흐의 사촌 누이와 결혼했다.

안톤 반 라파르트   Anton van Rappard, 1858~1892

네덜란드 화가. 습작 여행차 파리에 갔을 때 테오와 알게 되었으며, 1880년
11월 테오의 권유로 고흐가 그를 방문하면서 서로 친구가 되었다.

알베르트 뉴이스   Albert Neuhuys, 1844~1914

네덜란드 화가.

야코프 마리스   Jacop Maris, 1837~1899

네덜란드 화가. 안개 자욱한 하늘이나 흐르는 구름을 배경으로 다리, 풍차,
부두, 탑, 제방 등이 등장하는 네덜란드 시골의 풍경화를 주로 그렸다.

얀 헨드릭 바이센브루흐   Jan Hendrik Weissenbruch, 1824~1903

1840~1880년 사이에 활동한 같은 이름을 가진 일가의 화가들이 있다.

에드윈 벅먼 　　　　　　　　　　　　Edwin Buckman, 1841∼1930

영국 데생화가, 에칭조각가.

에버트 반 무이덴 　　　　　　　　　Evert van Muyden, 1853∼1922

풍경화가, 초상화가, 삽화가, 에칭조각가, 조각가.

오스틴 애비 　　　　　　　　　　　　Austin Abbey, 1852∼1911

미국 화가이자 삽화가로, 로버트 헤릭과 셰익스피어 작품의 삽화를 그렸다.

요제프 이스라엘스 　　　　　　　　Joseph Israëls, 1824∼1913

네덜란드 화가들에게 지대한 영향을 미친 인물. 친밀함을 담은 실내화 및 초
상화, 그리고 훌륭한 부식동판화들을 남겼다.

요하네스 바르나르두스 빌데르스 　　Johannes Warnardus Bilders, 1811∼1890

네덜란드 화가. 특히 헬데를란트 지방의 히스 나무가 우거진 황야와 숲을 주
로 그렸다.

요하네스 요제프 데스트레 　　　　Johannes Joseph Destrée, 1827∼1888

벨기에 화가로, 풍경과 선원을 즐겨 그렸다.

윌리엄 모리스 　　　　　　　　　　William Morris, 1834∼1896

영국의 미학자, 화가, 건축가, 시인, 사회주의자로, 그의 영향력은 세기말 유
럽에 전파되었다.

윌리엄 스몰 　　　　　　　　　　　William Small, 1843∼1929

스코틀랜드 풍경화가.

윌리엄 오버렌드   William Overend, 1851~1898

영국의 마리니풍 삽화가.

이폴리트 아돌프 텐   Hippolyte Adolphe Taine, 1828~1893

프랑스 비평가, 철학자, 문학사가. 르왕과 함께 동시대의 대학계, 사상계에
획기적인 신방향을 제시하고 강대한 영향을 미친 대표적 인물로, 현실주의
문학에 강력한 이론적 근거를 제공했다.

장프랑수아 밀레   Jean-François Millet, 1814~1875

프랑스 화가. 자연주의 기법으로 농촌 풍경과 농부들의 삶을 주로 그렸으며,
인상주의에 영향을 주었다.

조지 엘리엇   George Eliot, 1819~1889

영국 여성 작가. 빅토리아조 문단의 대표적 지성 작가로, 도덕적인 인생의
스승, 시대사조의 지도자로 일컬어진다.

조지 존 핀웰   George John Pinwell, 1842~1875

영국 삽화가, 데생화가. 역사화와 풍속화를 주로 그렸다.

조지 헨리 바우턴   George Henry Boughton, 1833~1905

영국 데생화가, 삽화가.

조지 헨리 에드워즈   George Henry Edwards, 1860~1941

영국풍 화가.

존 에버렛 밀레이   John Everett Millais, 1829~1896

영국 역사화가, 초상화가, 데생화가. 로제티, 헌트 등과 함께 라파엘 전파 연
합을 결성했다.

찰스 로후선   Charles Rochussen, 1824~1894

화가, 석판공, 에칭조각가.

찰스 킨   Charles Keene, 1823~1891

영국 풍자화가, 에칭조각가.

테오필 드 보크   Théophile de Bock, 1851~1904

주로 숲의 한구석, 나무기둥, 조선소, 물레방아, 하천 등을 그렸다. 야코프
마리스에 관한 책의 저자이기도 하다.

테오필 슐러   Théophile Schuler, 1821~1878

화가, 삽화가, 석판화가, 에칭조각가.

토머스 칼라일   Thomas Carlyle, 1795~1881

영국 사상가, 역사가.

토머스 파에드   Thomas Faed, 1826~1900

영국의 스코틀랜드풍 화가.

페르디낭   Ferdinand Heilbuth, 1826~1889

독일의 유대인 화가.

펠리시앙 롭스   Félicien Rops, 1833~1898

벨기에 화가, 에칭조각가, 석판화가. 파격적이고 자유로운 주제 선택으로 뛰
어난 기술과 독창적 내용을 선보인 판화 제작자였다.

포르투노 위 카르토   Fortuno y Carto, 1838~1874

이탈리아 화가, 에칭조각가.

주요 인물 소개

폴 가바르니　　　　　　　　　　　　　Paul Gavarni, 1804~1866

프랑스 화가, 판화가. 도미에, 도레와 함께 19세기 프랑스의 대표적 삽화가. 잡지 등에서 파리 생활을 취재, 날카로운 풍자와 인생을 비평하는 석판화를 다수 발표했다.

프랭크 홀　　　　　　　　　　　　　　Frank Holl, 1845~1888

영국의 초상화가. 에칭조각가 윌리엄 홀의 아들이다.

프레드 바너드　　　　　　　　　　　　Fred Barnard, 1846~1896

삽화 작가, 장르화가.《펀치》에 참여했다.

프레드 워커　　　　　　　　　　　　　Fred Walker, 1840~1875

영국의 데생화가.

프리츠 로이터　　　　　　　　　　　　Fritz Reuter, 1810~1874

독일 시인, 작가. 북독일 방언 문학으로 방언의 예술적 가치를 인정케 했으며, 해학에 찬 사실주의 기법으로 자전적·향토적인 소설을 집필, 널리 애독되었다.

하워드 파일　　　　　　　　　　　　　Howard Pyle, 1853~1911

화가, 삽화가, 작가.

헤르만 반 덴 앙커　　　　　　　　　Herman Van den Anker, 1832~1883

네덜란드 실내화가.

헤오르허 헨드릭 브라이트너　　　　George Hendrik Breitner, 1857~1923

네덜란드 인상주의 학파를 이루는 한 종파의 대표적 화가.

헨드릭 빌럼 메스다흐   Hendrik Willem Mesdag, 1831~1915

네덜란드 마리니풍의 화가.

후베르트 폰 헤르코머   Hubert von Herkomer, 1849~1914

네덜란드 화가. 조각가이며 작곡가, 작가이기도 하다.

어떤 어려움 속에서도
내가 가진 용기와 힘은 꺾이기는커녕
더욱더 굳건해질 뿐이다.

Vincent

우리는 환상을 품어서는 안 되네.
대신 몰이해와 무시와 멸시를 감수할
마음의 준비를 해야만 하네.

그리고 이 모든 어려움에도 불구하고
예술적인 힘과 열정을 꿋꿋이 간직해야 하네.

나는 유행에 개의치 않고
고집스럽게 내 길을 걸어갈 걸세.

_ 1882년 11월 1일 라파르트에게 보낸 편지 중에서